JN242777

はじまるよ ・・・・・・

# 海《うみ》でお昼《ひる》寝《ね》していたでかぱんに……⁉

あるところに、おもちみたいにやわらかくてパンダのような生《い》きものがいました。それが〝もちもちぱんだ〟。略《りゃく》して〝もちぱん〟。

なまけものの大《おお》きいぱんだ〝でかぱん〟と、でかぱんのことが大好《だいす》きな〝ちびぱん〟たちは、みんなでいっしょに、海《うみ》へお出《で》かけすることに！

海辺《うみべ》近《ちか》くの古《ふる》い屋敷《やしき》で出会《であ》ったのは……。

# もちもち♥ぱんだって……？

もちもちぱんだには、おおまかにわけると「でかぱん」と「ちびぱん」の2種類《しゅるい》がいるよ。いつも、もちもちくっついたりのびたりしているもちぱん。その正体《しょうたい》は、パンダ？　それとも、おもち？

## DEKAPAN
## でかぱん（大《だい》ぱんだ）

なまけものの、大《おお》きいぱんだ。ほっぺたをちぎって丸《まる》めて、ちびぱんを作《つく》るよ。気《き》ままでやりたいことはガマンしないんだ。さびしくてちびぱんを作《つく》るけど、おなかがすくとちびぱんを食《た》べちゃうことも……。

### でかぱん調査結果《ちょうさけっか》　秘

| | |
|---|---|
| 身長《しんちょう》 | 30cm以上《いじょう》 |
| 体重《たいじゅう》 | 小型犬《こがたけん》くらい |
| 好《す》き | もち米《ごめ》のおにぎり<br>穴《あな》があいているもの |
| きらい | 寒《さむ》いところ<br>動《うご》くこと<br>ネズミ |

## もちもちぱんだの作《つく》りかた

1 とる

2 こねる

CHIBIPAN

# ちびぱん (小《しょう》ぱんだ)

でかぱんのことが大好《だいす》きな、小《ちい》さいぱんだ。いろいろな種類《しゅるい》がいるんだって。ゾンビ〜ぱんやちびぱんレンジャーも、ちびぱんの仲間《なかま》だよ。

**ちびぱん調査結果《ちょうさけっか》**　㊙

| | |
|---|---|
| 身長《しんちょう》 | 7cmくらい |
| 体重《たいじゅう》 | ハムスターくらい |
| 好《す》き | でかぱん<br>肉《にく》まん　ささ<br>穴《あな》があいているもの |
| きらい | 寒《さむ》いところ<br>ひとりぼっち |

ちびぱんにはいろんな種類《しゅるい》がいるよ！

## だるまぱん

でかぱんがなにかお願《ねが》いごとをするために作《つく》った。

## ちびぱんレンジャー

でかぱんが困《こま》ったときにかけつける5ひき組《ぐみ》。

## ゾンビ〜ぱん

作《つく》りかたは不明《ふめい》。顔色《かおいろ》が悪《わる》いことをよく心配《しんぱい》される。

3 作《つく》る

4 できる

5 なぞの液《えき》につける

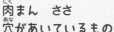

## いいもの見《み》つけた

今日《きょう》もでかぱんはリビングのソファでゴロゴロ中《ちゅう》……
これはっ!!!
今日《きょう》は夏特集《なつとくしゅう》～♪
ガバッ
うず
うず
ママ～♥ でかぱんここに行《い》きたい～♥♥
わく
わく
ママおねがーい♥

ゴソ
ゴソ

もちもち♡ぱんだ
もちぱんのコワ〜い？話《はなし》
もちっとストーリーブック
著《ちょ》　たかはしみか
原作《げんさく》・イラスト　Yuka《ユカ》

contents

# もくじ



## 登《とう》場《じょう》人《じん》物《ぶつ》紹《しょう》介《かい》

**モモカ（長沢《ながさわ》モモカ）**

小学《しょうがく》5年生《ねんせい》の女《おんな》の子《こ》。家族《かぞく》は、パパ、ママ＋もちぱん。
もちもち商店街《しょうてんがい》の町《まち》おこしポスターコンテストをきっかけに、
もちぱんたちとの暮《く》らしが始《はじ》まる。佐藤《さとう》くんのことが好《す》き。

**佐藤《さとう》くん（佐藤《さとう》ユウト）**

モモカのクラスの転校生《てんこうせい》。アイドルグループ「シャイン」のリーダー・
望月《もちづき》カケルくん（ニックネームはモッチー）に似《に》ていることから、
でかぱんから「モッチー」と呼《よ》ばれている。

**ナホ、ミサキ**　モモカのクラスメートで、仲《なか》のいい友《とも》だち。

# プロローグ

浜辺《はまべ》から少《すこ》しはなれた高台《たかだい》に、古《ふる》い家《いえ》が立《た》っている。二階《かい》の出窓《でまど》にこしかけて、少女《しょうじょ》は海《うみ》をながめていた。

夏《なつ》の日差《ひざ》しを受《う》けてキラキラとかがやく水面《みなも》は、少女《しょうじょ》に向《む》かってまるで笑《わら》いかけているように見《み》える。

「いいなあ」

少女《しょうじょ》は、深《ふか》いため息《いき》をついた。

世間《せけん》はまた、夏休《なつやす》みに入《はい》ったようだ。そんなに有名《ゆうめい》な海水浴場《かいすいよくじょう》ではないけれど、連日《れんじつ》、家族《かぞく》連《づ》れやカップルでにぎわっている。水《みず》しぶきをあげてキャアキャアさわぐ子《こ》どもたちを見《み》て、少女《しょうじょ》はそっとつぶやいた。

「ああ、わたしもあんなふうに、はしゃいでみたかったな……」

いつのまにか、少女《しょうじょ》のほおをなみだがつたっていた。

「もっともっと、いろんなことをしてみたかった。友《とも》だちと遊園地《ゆうえんち》へ出《で》かけたり、運動会《うんどうかい》で活《かつ》やくしたり……。ああ、少《すこ》しだけでもいいから、また学校《がっこう》へ行《い》けたらいいのに」

うす暗《ぐら》い家《いえ》の中《なか》を、ひんやりとした風《かぜ》が通《とお》りぬけていく。

潮風《しおかぜ》を浴《あ》びつづけて、すっかり傷《いた》んだ木《き》の壁《かべ》やゆかは、ところどころくさって穴《あな》が開《あ》いている。ボロボロにやぶれて、かろうじて窓辺《まどべ》にぶらさがっている布《ぬの》は、かつてはカーテンだったのだろうか。

家《いえ》のまわりには、もうずいぶん長《なが》い間《あいだ》、手入《てい》れされた様子《ようす》のない草木《くさき》がうっそうとしげっている。そのせいで、この家《いえ》は日中《にっちゅう》もうす暗《ぐら》いのだった。

そんな家《いえ》の中《なか》で、たったひとり過《す》ごす少女《しょうじょ》。その肌《はだ》は白《しろ》く、すきとおるようだ。

いや——実際《じっさい》に少女《しょうじょ》の体《からだ》はすきとおっていて、彼女《かのじょ》の向《む》こうにある壁《かべ》が見《み》えている。

「ああ、せめて、自由《じゆう》に動《うご》くことができたらな……」

少女《しょうじょ》は血《ち》の気《け》のないくちびるをギュッとかみしめた。

# 第《だい》1話《わ》　とうめいな女《おんな》の子《こ》

「海《うみ》へ行《い》こう！　海《うみ》！」

夏休《なつやす》みになって一週間《しゅうかん》くらいたったある日《ひ》、ママが急《きゅう》に言《い》いだした。

「海《うみ》？」

わたしが聞《き》くと、ママは、

「そう。この子《こ》たちも連《つ》れて、みんなで」

と言《い》いながら、ソファでゴロゴロしている、おもちのようなパンダのような、不思議《ふしぎ》な生《い》きものたちのほうを見《み》た。

この子《こ》たちは、もちぱん。大《おお》きいのがでかぱん、そのまわりにくっついている小《ちい》さいのがちびぱんという。ひょんなことからうちへやって来《き》て、わたしの部屋《へや》に住《す》みついたんだけど、この前《まえ》、ママやパパにも見《み》つかっちゃった。一時《いちじ》はどうなることかと思《おも》ったけど、ママもパパもすんなり受《う》けいれてくれて、みんなでいっしょに暮《く》らしている。

「うーん。わたしはいいけど、ここから海《うみ》ってけっこう遠《とお》いよね。めんどくさがりのでかぱんが行《い》くって言《い》うかな？」

「それがね、今日《きょう》、見《み》ちゃったんだよね」

ママは、でかぱんのとなりに座《すわ》って、でかぱんを抱《だ》きあげた。

「見《み》たって、なにを？」

「う・き・わ」

ママの言葉《ことば》を聞《き》いたとたん、ねむそうにしていたでかぱんが急《きゅう》に元気《げんき》になった。

**「モモカ、海《うみ》へ行《い》こう。うきわしたい！」**

でかぱんがそう言《い》うと、ちびぱんたちも口《くち》をそろえて、

**「海《うみ》へ行《い》こうーっ」**

と言《い》った。

「どういうこと？　うきわ？」

　ママに聞《き》いたところによると、今日《きょう》、わたしが水《みず》やり当番《とうばん》で学校《がっこう》へ行《い》っているとき、でかぱんたちとテレビを見《み》ていたら、夏休《なつやす》みでにぎわう海水浴場《かいすいよくじょう》の様子《ようす》が映《うつ》った。その映像《えいぞう》でうきわを見《み》たでかぱんは、自分《じぶん》も海《うみ》に行《い》ってうきわに入《はい》ってみたいと言《い》いだしたらしい。

　そうそう、でかぱんは、穴《あな》があると入《はい》りたくなる習性《しゅうせい》があるんだよね。

「そんなの、わざわざ海《うみ》まで行《い》かなくたって……」

　わたしが言《い》いかけたのを、ママがさえぎった。

「いいじゃない。せっかく行《い》く気《き》になっているんだから。たまには、みんなで外《そと》へ行《い》きましょうよ。車《くるま》で行《い》けば、でかぱんちゃんたちがほかの人《ひと》に見《み》つかる心配《しんぱい》もないし。ほら、佐藤《さとう》くんもさそってみたら？」

佐藤《さとう》くんも！　そう聞《き》いて、わたしは急《きゅう》にやる気《き》がわいてきた。

正直《しょうじき》に言《い》って、海《うみ》はそんなに好《す》きじゃない。だって、あんまり泳《およ》げないし、日焼《ひや》けすると痛《いた》いし……。でも、佐藤《さとう》くんといっしょに海《うみ》へ行《い》くと思《おも》うと、なんだかワクワクしてきた。

あ、もちろん、でかぱんたちもね。

「さあ、そうと決《き》まったら、パパと相談《そうだん》して日程《にってい》を決《き》めましょう！」


パパの仕事《しごと》は相変《あいか》わらずいそがしそうだけど、休《やす》みの日《ひ》にレンタカーを借《か》りて行《い》くことになった。

助手席《じょしゅせき》にはママ。そして、後部座席《こうぶざせき》には、わたしとでかぱんとちびぱんたちと、それから佐《さ》藤《とう》くんが座《すわ》っている。

「ぼくまで、すみません！　ありがとうございます」

「こちらこそ、佐藤《さとう》くんもいっしょのほうがうれしいわ。ね、モモカ」

もう、ママったら。そんな言《い》いかた、なんだか照《て》れちゃうじゃない。

「ありがとう、長沢《ながさわ》さん。ぼくもうれしい」

佐藤《さとう》くんにそう言《い》われて、わたしは顔《かお》を赤《あか》らめた。

車《くるま》の中《なか》で佐藤《さとう》くんといっしょにいるのって新鮮《しんせん》だ。いつか、佐藤《さとう》くんが車《くるま》を運転《うんてん》して、わたしがその助手席《じょしゅせき》に……。

**「モモカ、もうちょっとそっち行《い》って」**

でかぱんの声《こえ》に、わたしの妄想《もうそう》は打《う》ちくだかれた。

そう、でかぱんは佐藤《さとう》くんとわたしの間《あいだ》にいる。

しかも、わたしをすみにおしやって、自分《じぶん》が寝《ね》やすい体勢《たいせい》を整《ととの》えているのだ。ほんとに、もうっ！

「それにしても、まさかこんなことになるなんてなあ」

パパが笑《わら》いながら言《い》った。

「こんなこと？」

わたしが聞《き》くと、パパはとてもゆかいそうに答《こた》えた。

「不思議《ふしぎ》な生《い》きものたちを連《つ》れて、海《うみ》へ行《い》くってこと」

確《たし》かに。ママが言《い》いださなければ、そんなこと考《かんが》えてもみなかったなあ。

というか、不思議《ふしぎ》な生《い》きもの（でかぱんたち）といっしょに暮《く》らしはじめてから、最初《さいしょ》はないしょにしてたけど、佐藤《さとう》くんやママたちに見《み》つかって、みんながそれを受《う》けいれて……。

うーん、考《かんが》えれば考《かんが》えるほど、へんてこりんな状況《じょうきょう》になっているのかも。

「海水浴場《かいすいよくじょう》に着《つ》いてからが心配《しんぱい》ですよね。人《ひと》がいっぱいいるだろうし」

佐藤《さとう》くんの言葉《ことば》に、ママがこう返事《へんじ》をした。

「そうなの。だから、混《こ》んでいるところはさけて、このあたりで一番《いちばん》人《ひと》が少《すく》なそうなところに行《い》くのよ。あんまり混《こ》んでいなければ、ぬいぐるみだってごまかすこともできるだろうし」

なるほど。でかぱんは海《うみ》に入《はい》るよりもうきわに入《はい》りたいだけだから、ずっと砂浜《すなはま》にいればばいいし、だいじょうぶなんじゃないかな。

そんなふうに気楽《きらく》に考《かんが》えていたけど、目的地《もくてきち》に着《つ》いたとき、考《かんが》えがあまかったことに気《き》づいた。人《ひと》が少《すく》ないはずの海水浴場《かいすいよくじょう》は、朝《あさ》からとても混雑《こんざつ》していたのだ。

「うーん。これじゃあ、でかぱんたちを砂浜《すなはま》に連《つ》れていくのはちょっと危険《きけん》だなあ」

パパがうでを組《く》んでうなった。

「パパはでかぱんたちといっしょに車《くるま》に残《のこ》るから、みんなは遊《あそ》んできたら」

「そんなあ。パパだってせっかく来《き》たのに」

そのとき、でかぱんが動《うご》いた！

**「ねえ、あそこに行《い》きたい。あそこでうきわに入《はい》っていい？」**

でかぱんがさしたのは、砂浜《すなはま》のはずれからつながっている高台《たかだい》だった。草木《くさき》が生《お》いしげっていて、夏《なつ》の午前中《ごぜんちゅう》だというのにうす暗《ぐら》く、人《ひと》の出入《でい》りはなさそうだ。

ママを砂浜《すなはま》に残《のこ》し、わたしとパパと佐藤《さとう》くんで、でかぱんたちを高台《たかだい》へ連《つ》れていった。

のび放題《ほうだい》の草《くさ》の上《うえ》に、パパがふくらませた子《こ》ども用《よう》の小《ちい》さなうきわを置《お》くと、でかぱんはキャーッと歓声《かんせい》をあげてその穴《あな》へ飛《と》びこんで、

すぐに寝《ね》てしまった。

「もう、でかぱんったら、こんなところで寝《ね》ちゃうなんて。まさか置《お》いていけないいし」

「パパがでかぱんを見《み》ているから、ふたりは泳《およ》いできたら？　でも、あんまり沖《おき》のほうには行《い》かないように。ママから見《み》えるところで泳《およ》ぐんだよ」

そんな話《はなし》をしていると、

「ちょっとあんたたち！」

という、おじいさんの声《こえ》がひびいた。散歩《さんぽ》している近所《きんじょ》の人《ひと》らしい。

「ここは私有地《しゆうち》だから、勝手《かって》に入《はい》ったらだめだよ」

「そうなんですか。気《き》がつかなくて、すみません」

パパが謝《あやま》っても、おじいさんは厳《きび》しい口調《くちょう》で続《つづ》けた。

「ほら、さっさと出《で》ていって！　今《いま》すぐ」

おじいさんの気迫《きはく》におされて、わたしたちはすぐに立《た》ちさらなくてはならなかった。

「パパ、どうしよう？」

と小声《こごえ》で言《い》うと、パパは、

「今《いま》、でかぱんを連《つ》れだすのはよくなさそうだ。あとでむかえにこよう」

と言《い》い、ちびぱんたちに向《む》かって、

「でかぱんのことをたのんだよ」

と、身《み》ぶり手《て》ぶりで合図《あいず》した。

ちびぱんたちは、敬礼《けいれい》のポーズを返《かえ》してきたけど、ほんとにだいじょうぶかなあ？

ママがいる場所《ばしょ》へもどりながら、パパはこう言《い》った。

「人《ひと》が立《た》ちいれない場所《ばしょ》なら、でかぱんたちがだれかに見《み》つかる可能性《かのうせい》も低《ひく》いし、かえって安《あん》全《ぜん》だよ」

なるほど、そうかもしれない。

そこで、わたしたちは、お昼《ひる》までの間《あいだ》、海《うみ》で遊《あそ》ぶことにしたのだった。


「海《うみ》へ行《い》こう」と自分《じぶん》で言《い》いだしたくせに、

「海《うみ》は見《み》ているのがいいのよ」

と言《い》い、ママは水着《みずぎ》にすらならなかった。パパが砂浜《すなはま》に立《た》てたパラソルの下《した》で、クーラーボックスから取《と》りだしたジュースをおいしそうに飲《の》んでいる。

水泳《すいえい》が得意《とくい》だというパパは、準備体操《じゅんびたいそう》をすませるとすぐに泳《およ》ぎだした。少《すこ》し沖《おき》のほうから、こちらを振《ふ》りむいて手《て》を振《ふ》っている。

「長沢《ながさわ》さん、ぼくらも行《い》こう！」

佐藤《さとう》くんに手《て》を引《ひ》かれて、歩《ある》きづらい砂浜《すなはま》を進《すす》む。足《あし》の裏《うら》が焼《や》けるように熱《あつ》い。

とうとう、海《うみ》の中《なか》へとふみこんだ。外《そと》はとても暑《あつ》いのに、海水《かいすい》は思《おも》ったよりひんやりとしていた。

佐藤《さとう》くんのうでが大《おお》きく水《みず》をかいて、ぐんぐん前《まえ》へと進《すす》んでいく。

わあ、佐藤《さとう》くんって泳《およ》ぐの得意《とくい》なんだ。かっこいいなあ。

思《おも》わず見《み》とれていたら、大《おお》きな波《なみ》が来《き》て、わたしはいっきに海《うみ》の中《なか》へとのみこまれた。

そうだった。海《うみ》って、こういう感《かん》じだった。久《ひさ》しぶりだったから忘《わす》れていたけど、プールよりも動《うご》きづらいし、海水《かいすい》がしょっぱい。

なんとか水面《すいめん》にうかんでむせていると、いつのまにかうきわを持《も》ったパパがそばにいた。

「そういえば、モモカは泳《およ》ぐの、あんまり得意《とくい》じゃなかったね。ママに似《に》たんだな」

そっか。ママが言《い》いだしっぺのくせに泳《およ》がないのは、得意《とくい》じゃないからだったのか。

わたしはうきわに入《はい》ってパパに引《ひ》っぱってもらい、佐藤《さとう》くんは自力《じりき》で泳《およ》いで、もう少《すこ》し沖《おき》のほうまで出《で》てみた。

青《あお》い空《そら》、白《しろ》い雲《くも》、キラキラ光《ひか》る海《うみ》。

ああ、夏《なつ》だなあ。最近《さいきん》、ちょっと日焼《ひや》けしている佐藤《さとう》くんの笑顔《えがお》がまぶしい。

こうして、一時間《じかん》ほど遊《あそ》んだあと、わたしたち三人《にん》はママが待《ま》つ砂浜《すなはま》へともどったのだった。


食《た》べものを買《か》ってくると言《い》って、海《うみ》の家《いえ》の行列《ぎょうれつ》に並《なら》んだパパがなかなかもどってこないので、わたしは佐藤《さとう》くんとふたりで、でかぱんたちが待《ま》つ高台《たかだい》へ向《む》かった。

のび放題《ほうだい》の草《くさ》の中《なか》へふみこむと、すぐにでかぱんの姿《すがた》が見《み》えてホッとした。そのまわりにちびぱんたちもいる。よかった、なにごともなかったみたい。

でかぱんはもう、うきわの中《なか》から出《で》ていた。あきちゃったのかな？

「お待《ま》たせ。おなかすいた？　もち米《ごめ》のおにぎり、持《も》ってきたよ」

もち米《ごめ》と聞《き》けば、いつもならかけよってくるはずなのに、でかぱんは座《すわ》ったままだ。

「でかぱん、どうしたの？　ほら、もち米《ごめ》のおにぎりだよ」

おにぎりを目《め》の前《まえ》に差《さ》しだしても、でかぱんはなんの反応《はんのう》も示《しめ》さなかった。

うそでしょ。こんなのおかしい！

**「もち米《ごめ》のおにぎりなんて、いらない。それより、せっかく海《うみ》にいるんだから、海《うみ》の家《いえ》の焼《や》きそばとか、かき氷《ごおり》とか、そ**

**ういうのが食《た》べたい！」**

でかぱんがそんなことを言《い》いだしたので、わたしと佐藤《さとう》くんは顔《かお》を見合《みあ》わせた。

でかぱんらしくない。いったい、どうしちゃったんだろう？

**「ねえ、モモカちゃん。ちょっとこっちに来《き》て」**

ちびぱんが、でかぱんに聞《き》こえないような小声《こごえ》でささやいた。わたしは、佐藤《さとう》くんに目《め》で合図《あいず》すると、ちびぱんを追《お》いかけて少《すこ》しはなれたところへ行《い》った。

「どうしたの？」

**「あのね、なんだかでかぱんがヘンなの」**

「やっぱり？　わたしもそう思《おも》った。なにかあったの？」

**「モモカちゃんたちがいなくなって少《すこ》したったときにね、目《め》を覚《さ》ましたでかぱんが、いい感《かん》じの穴《あな》を見《み》つけたの」**

「ああ、穴《あな》って、地面《じめん》がくぼんでいるところでしょ？　でかぱんって、そういう穴《あな》にはまるのが大好《だいす》きだもんね」

**「うん。それで、穴《あな》のほうへ近《ちか》づいていったら、そのおくにボロボロのおうちがあったの」**

「へえ。そういえば、建物《たてもの》の壁《かべ》みたいなものがあったね。草《くさ》や木《き》がいっぱいでよく見《み》えなかったけど。それで？」

**「でかぱんが、その穴《あな》に入《はい》って寝《ね》ていたらね、そのおうちのところから、とうめいな女《おんな》の子《こ》が出《で》てきたの」**

「ええっ、とうめいな女《おんな》の子《こ》？」

背筋《せすじ》がゾクッとした。それって……。

**「それで、その女《おんな》の子《こ》、でかぱんの前《まえ》に来《き》たら、フッと消《き》えちゃったんだ。それから、でかぱんの様子《ようす》がなんだかおかしいんだよ」**

えーっ!?　それって、どう考《かんが》えても……。

「その女《おんな》の子《こ》は、ゆうれいってこと？」

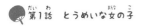

いっそう声《こえ》を小《ちい》さくして聞《き》くと、ちびぱんはうなずいた。

「えーと、女《おんな》の子《こ》のゆうれいがでかぱんの前《まえ》に来《き》て、フッと消《き》えた。それから、でかぱんの様子《ようす》がおかしいってことは……。もしかして、ゆうれいがでかぱんの体《からだ》に乗《の》りうつったってこと？」

**「そうかも」**

うそっ！

わたしは佐藤《さとう》くんを呼《よ》んで、事情《じじょう》を説明《せつめい》した。

「どうしようっ！」

「長沢《ながさわ》さん、まずは落《お》ちついて。とにかく、どうにかしなくちゃ！」

「どうにかって？」

「うーんと、なんとかして、ゆうれいにでかぱんの体《からだ》から出《で》ていってもらわないと」

考《かんが》えてみたところで、なかなかいい案《あん》はうかばない。とりあえずでかぱんに話《はな》しかけて、様《よう》子《す》を探《さぐ》ることにした。

「大好《だいす》きなもち米《ごめ》のおにぎりを食《た》べないなんて、おかしいなあ。でかぱん、どうしたの？　なにかあったの？」

あらかじめ考《かんが》えたセリフで話《はな》しかけてみたものの、われながらひどい棒読《ぼうよ》みだった。

**「もしかして、あなた、もうカンづいているの？」**

でかぱんが、らしくないしゃべりかたをしている。

「カンづいているって、なにに？」

わたしはなるべく平然《へいぜん》として答《こた》えた。

ずっと前《まえ》に読《よ》んだこわい本《ほん》に、ゆうれいに会《あ》ったときは、平気《へいき》そうなふりをしたほうがいいと書《か》いてあったからだ。理由《りゆう》はよくわからないけど。

**「いいわ。そのほうがかえって手《て》っ取《と》り早《ばや》いもの」**

でかぱんの姿《すがた》をしたゆうれいはそう言《い》うと、わたしのほうへ歩《ある》いてきた。

佐藤《さとう》くんがスッと歩《あゆ》みでて、でかぱんの前《まえ》に立《た》ちはだかる。

「あなたはだれ？　でかぱんは、ぼくらの友《とも》だちなんだ。でかぱんの体《からだ》から出《で》ていってくれないかな？」

**「わたしはミユっていうの。このパンダみたいな生《い》きもの、あなたたちの友《とも》だちなのね？　悪《わる》いようにはしないって約束《やくそく》する。でも、ちょっと協力《きょうりょく》してほしいことがあるの」**

「協力《きょうりょく》してほしいこと？」

佐藤《さとう》くんの後《うし》ろから、わたしが聞《き》いた。

**「そう。わたしの願《ねが》いをかなえてくれるだれかを、ここでずっと待《ま》っていたの。お願《ねが》い、協力《きょうりょく》してくれたら、いやがることはしないから」**

「どんなお願《ねが》い？」

「ちょっと長沢《ながさわ》さん、まさか願《ねが》いを聞《き》くつもり？」

「だって……」

**「わたしね、まだ小学《しょうがく》五年生《ねんせい》だったのに、病気《びょうき》で死《し》んじゃったの」**

ちびぱんの話《はなし》で、その女《おんな》の子《こ》がゆうれいだってことはわかっていたけど、改《あらた》めて言《い》われると、また背筋《せすじ》がゾクッとした。

**「ここはわたしの家《いえ》だったの。でも、わたしは生《う》まれたときから重《おも》い病気《びょうき》で、目《め》の前《まえ》の海《うみ》で遊《あそ》んだこともなかった。学校《がっこう》にもなかなか行《い》けなかったの。十一歳《さい》の夏《なつ》が最後《さいご》の入院《にゅういん》だったわ。病院《びょういん》で死《し》んじゃって、気《き》がついたらこの家《いえ》にいた。そして、それからずいぶん長《なが》い間《あいだ》、ずっとここにいるの」**

「家族《かぞく》は、どうしたの？」

わたしはおそるおそる聞《き》いてみた。

**「わたしの病気《びょうき》のせいで、両親《りょうしん》の仲《なか》が悪《わる》くなって……。わたしが死《し》んでから、離婚《りこん》したみたい。それからどうなったのかはわからないわ。この家《いえ》も、だれも寄《よ》りつかなくなってしまったし」**

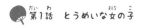

「そうだったの」

わたしは、ミユと名乗《なの》るこのゆうれいにすでに同情《どうじょう》しはじめていた。

「それで、お願《ねが》いって？」

**「うん。たいしたことじゃないんだけど、生《い》きているときにしたかったことを、かなえたいの。協力《きょうりょく》してくれたら、ちゃんとこの子《こ》の体《からだ》から出《で》ていくから」**

「わかった。協力《きょうりょく》するよ」

「ちょっと、長沢《ながさわ》さん！　危《あぶ》ないよ」

佐藤《さとう》くんが心配《しんぱい》そうな顔《かお》で、こっちを見《み》ている。

「でも、もし自分《じぶん》がそうだったらって思《おも》うと……。でかぱんのことも助《たす》けたいし。わたし、モモカ。よろしくね」

**「ありがとう、モモカ！」**

こうして、わたしはミユという名《な》のゆうれいの願《ねが》いをかなえることにしたのだった。

佐藤《さとう》くんはあきれ顔《がお》だったけど、ミユに向《む》かって、

「約束《やくそく》を守《まも》らなかったら、だまっていないから。長沢《ながさわ》さんとでかぱん、ちびぱんになにかあったら、ぼくが全力《ぜんりょく》でたたかうから！」

と宣言《せんげん》したのだった。

「で、まずはどんなことがしたいの？」

わたしが聞《き》くと、でかぱんの体《からだ》に入《はい》ったままのミユが答《こた》えた。

**「そうね。あっ、あれ！　焼《や》きそばとかき氷《ごおり》を食《た》べたい！」**

「わかった。買《か》ってくるから待《ま》ってて！　でも、すごい行列《ぎょうれつ》だったから、時間《じかん》がかかると思《おも》うけど」

わたしがそう言《い》うと、ミユはふるふると首《くび》を横《よこ》に振《ふ》った。

**「あっちのほうへ行《い》って食《た》べたいの！」**

「えっ？　海《うみ》のほう？　あんなに人《ひと》がいっぱいいるところにでかぱんの姿《すがた》でいたら、目立《めだ》っちゃうよ」

**「じゃあ、モモカの体《からだ》に入《い》れてくれる？」**

「ええっ？」

「それは絶対《ぜったい》だめ！」

佐藤《さとう》くんがそう言《い》うと同時《どうじ》に、なにやら小声《こごえ》で相談《そうだん》していたちびぱんたちが、

**「はいっ！」**

と手《て》をあげた。

「ちびぱん、どうしたの？」

**「ミユちゃん、ちびぱんの体《からだ》を貸《か》すよ。ちびぱんなら小《ちい》さいから目立《めだ》たないし、動《うご》いているところも見《み》つかりにくいから」**

「確《たし》かに。ぼくも最初《さいしょ》に見《み》たときはおもちゃだと思《おも》いこんでた」

そうだった！　佐藤《さとう》くんが転校《てんこう》してきて間《ま》もないころ、ヤマさんこと担任《たんにん》の山本先生《やまもとせんせい》にたのまれて学校《がっこう》を案内《あんない》してあげたときに、わたしのポケットに入《はい》っていたちびぱんたちを見《み》られちゃったんだった。

今思《いまおも》えば、あれがきっかけで佐藤《さとう》くんと仲《なか》よくなれたんだよなあ。

**「ちょっと、モモカ！　聞《き》いてるの？」**

ミユの声《こえ》に、わたしはハッとした。

そうだ。今《いま》はぼんやりしている場合《ばあい》じゃなかった。こんなときにも妄想《もうそう》しちゃうなんて、わたしってなんてのんきなんだろう。

「き、聞《き》いてるよ」

**「じゃあ、わたしが今《いま》からこの子《こ》に入《はい》るから」**

そう言《い》って、でかぱん（といっても、中身《なかみ》はミユ）が、一ぴきのちびぱんをギュッと抱《だ》きしめた。

少《すこ》したつと、ちびぱんが動《うご》きだし、でかぱんはぐったりしてたおれてしまった。

「でかぱん！」

かけよってゆさぶると、でかぱんはゆっくりと口《くち》を開《ひら》いてこう言《い》ったのだった。

**「モモカ、さっきのもち米《ごめ》のおにぎり、ちょうだい」**

よかった！　どうやら、でかぱんは元《もと》にもどったみたい。

「だいじょうぶ？　はい、おにぎり」

**「うん。ありがと」**

でかぱんは、おにぎりを受《う》けとると、むしゃむしゃと食《た》べはじめた。

**「さあ、行《い》くわよ」**

今度《こんど》はちびぱんの中《なか》に入《はい》ったミユが、張《は》りきって先《さき》を走《はし》っていく。

**「モモカ、ほんとにあの子《こ》をここから連《つ》れていくの？」**

でかぱんが小声《こごえ》で聞《き》いた。

「だって、もうちびぱんの体《からだ》に入《はい》っちゃったし」

**「あんまりよくないと思《おも》うけど……」**

そう言《い》われても、まさかちびぱんごと置《お》いて帰《かえ》るわけにはいかないし、動《うご》けるようになったのだから、置《お》いて帰《かえ》ってもついてきそう……。そう思《おも》うと、また背筋《せすじ》がゾクッとした。

わたし、なんだかたいへんなことを引《ひ》きうけちゃったのかな？

「とにかく、早《はや》いところ願《ねが》いをかなえて出《で》ていってもらおう」

そう言《い》うと、佐藤《さとう》くんは持《も》ってきたリュックに、でかぱんと残《のこ》りのちびぱんを入《い》れて背負《せお》った。そして、わたしたちは、ちょこちょこと走《はし》っていく、ちびぱんの姿《すがた》をしたミユを追《お》いかけたのだった。

海《うみ》の家《いえ》に着《つ》くと、行列《ぎょうれつ》に並《なら》んでいたパパの番《ばん》が来《き》て、ちょうど食《た》べものを買《か》っているところだった。ママは最初《さいしょ》、張《は》りきってお弁当《べんとう》を作《つく》ろうとしていたけど、せっかくだから海《うみ》の家《いえ》のごはんを買《か》って食《た》べようということになり、でかぱん用《よう》のおにぎりだけを持《も》ってきていたのだ。

「パパ、かき氷《ごおり》も！」

とわたしが言《い》うと、わたしの手《て》の中《なか》にいたミユが、

**「イチゴ！」**

とさけんだ。

「えっ、モモカ？　すみません、イチゴのかき氷《ごおり》もお願《ねが》いします」

ほかにも、パパが買《か》ってくれた焼《や》きそばや焼《や》き鳥《とり》、焼《や》きとうもろこし、フランクフルトなどをたくさん持《も》って、わたしたちはママのもとへともどった。

氷

「お帰《かえ》りなさい。あら、ちびぱんちゃん、かき氷《ごおり》食《た》べてるの？　めずらしいわね」

ミユは返事《へんじ》をしなかったけど、ママはとくに気《き》にしてはいないようだった。

ママやパパにはなんて言《い》おうか迷《まよ》ったけど、大人《おとな》には話《はな》してほしくないというミユの気持《きも》ちを尊重《そんちょう》することにした。両親《りょうしん》の仲《なか》が悪《わる》かったせいなのか、ミユは大人《おとな》を信用《しんよう》していないみたい。

佐藤《さとう》くんと話《はな》しあって、どうしても困《こま》ったときはママとパパに相談《そうだん》することにした。

わたしはミユに向《む》かって小声《こごえ》で、

「はい、焼《や》きそば。どう？　おいしい？」

と話《はな》しかけた。

**「うん！　おいしい！　ずっと前《まえ》、一度《いちど》だけ食《た》べたことがあるの。そのときより、ずっとおいしい。みんなで食《た》べてるからかな？　ありがとう、モモカ！」**

そんなふうに言《い》うミユのことを、わたしはどうしても悪《わる》く思《おも》えなかった。

あんなところで、ずっとひとりでいたミユ。生《い》きているときも病気《びょうき》で、みんなが当《あ》たり前《まえ》のようにやっていたことができなかったミユ。

ミユの願《ねが》い、できるだけかなえてあげよう。

わたしは、そうちかったのだった。

7月《がつ》29日《にち》　ミユ

天気《てんき》　はれ

やっと、やっと、やっと、あの家《いえ》から
外《そと》へ出《で》ることができた！
おもちみたいな、パンダみたいな
不思議《ふしぎ》な生《い》きものの中《なか》に入《はい》って……
それにしても、この子《こ》たち、いったい
なんなの？

モモカとは
仲《なか》よくなれそう！

# 第《だい》2話《わ》 ゆうれいが行《い》きたい場所《ばしょ》

中身《なかみ》がミユのままのちびぱんを連《つ》れて、わたしたちは家《いえ》に帰《かえ》った。

別《わか》れぎわ、佐藤《さとう》くんはとても心配《しんぱい》そうにしていた。わたしに、

「なにか困《こま》ったことがあったら、すぐに連絡《れんらく》してね」

と言《い》い、ミユに向《む》かって何度《なんど》も、

「長沢《ながさわ》さんともちぱんたちになにかしたら、しょうちしないから！」

と、くぎをさすので、あやうくママたちに気《き》づかれるところだった。

「ミユ、ここがわたしの部屋《へや》」

**「わあ、すてきね！」**

「そんなにすてきじゃないと思《おも》うけど。よくあるふつうの部屋《へや》だよ」

ミユはちびぱんの姿《すがた》で部屋《へや》の中《なか》をちょこちょこと動《うご》きまわり、いろいろなものを見《み》つけては、**「これなに？」**とか、**「これ、かわいいね」**を連発《れんぱつ》した。

でかぱんは、部屋《へや》に入《はい》るなりベッドの上《うえ》でゴロゴロしている。ミユを連《つ》れて帰《かえ》ることをよく思《おも》っていないようだったけど、そんなに警戒《けいかい》しているってわけでもなさそうだ。

**「本だなを見《み》たい」**と言《い》うミユを、てのひらに乗《の》せてあげた。ミユはとても楽《たの》しそうに、背表《せびょう》紙《し》のタイトルを声《こえ》に出《だ》して読《よ》みはじめた。

「ミユは、本《ほん》が好《す》きだったの？」

**「もともとはそうでもなかったけど、入院《にゅういん》していることが多《おお》かったから、本《ほん》やマンガをよく読《よ》むようになったの……。あっ！」**

急《きゅう》に大《おお》きな声《こえ》をあげたのでおどろいていると、ミユが興奮気味《こうふんぎみ》に言《い》った。

**「これ！　この絵本《えほん》、大好《だいす》きだったの。何度《なんど》も何度《なんど》も、ボロボロになるまで読《よ》んだの」**

ミユがさした絵本《えほん》は、ずっと前《まえ》に、ママからもらったものだった。ママが小《ちい》さいときに好《す》きだったと言《い》っていた絵本《えほん》だ。

聞《き》いてみると、ミユが生《う》まれたのは、ママが生《う》まれた年《とし》と同《おな》じだった。

(じゃあ、ミユは生《い》きていたら、今《いま》、ママと同《おな》じ三十六歳《さい》なんだ)

と言《い》いかけたけど、なんだかそれは言《い》えなかった。

生《い》きていたら……。それは、ミユにとって、とてもざんこくな言葉《ことば》だよね。だって、ミユは実際《じっさい》、生《い》きていることはできなかったんだもの。

生《い》きるとか、死《し》ぬとかがどういうことなのか、正直言《しょうじきい》ってよくわからない。

でも、病気《びょうき》になるのも、死《し》ぬのも、心細《こころぼそ》くてこわいことのような気《き》がする。ミユはそれをひとりで体験《たいけん》したんだ。

わたしと同《おな》じ年《とし》で。

わたしは絵本《えほん》をたなから取《と》りだして、ゆかに広《ひろ》げると、ゆっくりとページをめくってあげた。

ミユは、

**「わあ！」**

と歓声《かんせい》をあげて、なつかしそうにながめている。

**「あっ、この絵《え》。この場面《ばめん》がとても好《す》きだったの。治療《ちりょう》がつらいときは、この世界《せかい》の中《なか》にいるつもりになると、少《すこ》しだけ忘《わす》れることができたの」**

その絵《え》は、森《もり》の動物《どうぶつ》たちが集《あつ》まって、お茶会《ちゃかい》をしている場面《ばめん》だった。大《おお》きな木《き》のテーブルを囲《かこ》んで、クマやウサギやキツネやタヌキたちが木《こ》の実《み》を食《た》べたり、木《き》のカップに入《はい》った飲《の》みものを飲《の》んだりしている。

「わたしもこのシーン、好《す》きだよ。どんな飲《の》みものを飲《の》んでいるのかなって、いつも考《かんが》えていたの」

わたしが言《い》うと、ミユはうれしそうに、

**「わたしも！」**

と言《い》って笑《わら》った。

「おんなじだね。うちのママはね、これはきっとミルクセーキよって言《い》うんだ」

**「ミルクセーキって、牛乳《ぎゅうにゅう》に卵《たまご》の黄身《きみ》や砂糖《さとう》を入《い》れたものでしょ。それなら飲《の》んだことがある。たしかに、このお茶会《ちゃかい》にぴったりね」**

ミユは、にこにこしながらそう言《い》うと、

**「ああ、うれしいな。こういう話《はなし》をする友《とも》だちなんていなかったから。モモカ、ありがとう！」**

その言葉《ことば》を聞《き》いて、わたしは泣《な》きそうになってしまった。

ミユはこんなにいい子《こ》なのに。どうして神様《かみさま》は、ミユに健康《けんこう》な体《からだ》と友《とも》だちと、そして仲《なか》のよい両親《りょうしん》をあたえてはくれなかったんだろう？

この絵《え》が、入院《にゅういん》していたミユに希望《きぼう》をあたえていたんだ。病気《びょうき》の痛《いた》みやつらさを忘《わす》れさせてあげることができたんだ。

わたしは、絵《え》をかくことが好《す》きだ。得意《とくい》なほうだと思《おも》う。

そもそも、もちぱんたちと出会《であ》ったのも、もちもち商店街《しょうてんがい》のポスターをかいて賞《しょう》をもらったことがきっかけだった。

今《いま》からもっともっと絵《え》をかくことをがんばったら、ミユみたいな子《こ》を少《すこ》しでも救《すく》うことができるのかな?

将来《しょうらい》の夢《ゆめ》とか、やりたいこととか、今《いま》までちゃんと考《かんが》えたことがなかったけど、いつかこの絵本《えほん》をかいた人《ひと》のようになれたらいいな。

ミユといっしょに絵本《えほん》を見《み》ながら、なんとなくそんなことを思《おも》っていた。

**「モモカ。ねえ、モモカったら!」**

耳《みみ》もとで大《おお》きな声《こえ》がして飛《と》びおきると、ちびぱんが一ぴきだけわたしの肩《かた》のあたりにしがみついていた。ほかのちびぱんたちは、わたしの横《よこ》で寝《ね》ているでかぱんにくっついている。

**「モモカったら、遊《あそ》びに行《い》こうよ!」**

そうだった。このちびぱんは見《み》た目《め》はちびぱんだけど、中身《なかみ》はミユっていう女《おんな》の子《こ》のゆうれいなんだった。

昨日《きのう》の出来事《できごと》は、一回《かい》寝《ね》ちゃうと夢《ゆめ》かと思《おも》うような奇妙《きみょう》なことだったけど、やっぱり夢《ゆめ》じゃなかったんだ。

「遊《あそ》びにって、どこへ行《い》きたいの？」

わたしがまだねむい目《め》をこすりながら聞《き》くと、ミユは、

**「遊園地《ゆうえんち》！」**

と答《こた》えた。

遊園地《ゆうえんち》かあ。事情《じじょう》を知《し》っている佐藤《さとう》くんをさそって、ふたりで行《い》くしかないよね。

でも、小学生《しょうがくせい》ふたりで遊園地《ゆうえんち》なんて、ママがゆるしてくれないかも……。

ママに言《い》うと、案《あん》の定《じょう》、

「小学生《しょうがくせい》だけで遊園地《ゆうえんち》なんて危険《きけん》よ。なにが起《お》こるかわからないし」

と言《い》われた。

やっぱり、そうだよね。

「いつ行《い》きたいの？　今日《きょう》だったら、ママもいっしょに行《い》けるわよ。夕方《ゆうがた》までに帰《かえ》ってくればだいじょうぶだし」

「ほんとに？　じゃあ、今日《きょう》がいい！」

急《いそ》いで電話《でんわ》すると、佐藤《さとう》くんも行《い》くと言《い》ってくれた。


ママと佐藤《さとう》くんとわたしは、家《いえ》の近《ちか》くの停留所《ていりゅうじょ》から遊園地《ゆうえんち》行《い》きのバスに乗《の》って、郊外《こうがい》にある遊園地《ゆうえんち》へとたどりついた。ここはママが子《こ》どものころからあったという、どこかなつかしい感《かん》じの遊園地《ゆうえんち》で、わたしも三年生《ねんせい》のときに家族《かぞく》で来《き》たことがある。

大《おお》きな観覧車《かんらんしゃ》や、ジェットコースター、メリーゴーラウンドなどの乗《の》りもののほか、子《こ》どもでも運転《うんてん》できるカートのコーナーもある。

「近《ちか》くで見《み》ているから、好《す》きなのに乗《の》ってきたら？」

と言《い》って、ママは平日《へいじつ》フリーパスのチケットをわたしてくれた。

平日《へいじつ》といっても夏休《なつやす》み中《ちゅう》だけあって、園内《えんない》はそれなりに混雑《こんざつ》している。

わたしはポシェットの中《なか》にいるミユに、

「まずはどれに乗《の》る？」

と小声《こごえ》で話《はな》しかけた。

**「ジェットコースター！　一度《いちど》、乗《の》ってみたかったの」**

そこで、わたしと佐藤《さとう》くんは、ジェッ

トコースターに乗《の》るために順番待《じゅんばんま》ちの列《れつ》に並《なら》んだ。

今日《きょう》は少《すこ》しくもっているおかげで、七月末《がつまつ》にしてはそこまで暑《あつ》すぎない。

「ねえ、ゆうれいって、昼間《ひるま》はふつう、行動《こうどう》できないんじゃないの？」

佐藤《さとう》くんが小声《こごえ》でミユに聞《き》いた。

**「さあ？　ほかのゆうれいに会《あ》ったことがないから、わからないわ」**

「ミユは朝早《あさはや》くに起《お》きてたよね？　昨日《きのう》の夜《よる》は寝《ね》たの？」

**「わたしは寝《ね》なくても平気《へいき》だけど、モモカが寝《ね》てからはひまだったから、マンガを読《よ》んでたよ」**

そうなんだ。ゆうれいって、ごはんも食《た》べないし、寝《ね》なくてもいいんだ。

みんなが寝《ね》ている間《あいだ》、一晩中《ひとばんじゅう》マンガを読《よ》んでいてもいいなんて、なんだかちょっとうらやましい。そんなこと言《い》ったらフキンシンかな？

「それから、気《き》になっていたんだけど、ずっとちびぱんの体《からだ》の中《なか》に入《はい》っていて、元《もと》のちびぱんは平気《へいき》なの？　ちゃんと生《い》きてる？」

佐藤《さとう》くんがミユにたずねた。それは、わたしも心配《しんぱい》していたことだった。

ゆうれいがだれかの体《からだ》の中《なか》に入《はい》って、その人《ひと》の命《いのち》をうばい、体《からだ》を乗《の》っとるという話《はなし》を、本《ほん》で読《よ》んだことがある。ミユがそんな悪《わる》いことをするとは思《おも》えないけど、知《し》らないうちにそうなったりしないのだろうか？

**「それはだいじょうぶだと思《おも》うよ。わたしが入《はい》っている間《あいだ》は、このちびぱんは半分《はんぶん》ねむっているような状態《じょうたい》みたい。わたしが体《からだ》から出《で》たら、完全《かんぜん》に目《め》を覚《さ》ますと思《おも》う」**

「そうなんだ」

とは言《い》ったものの、それが本当《ほんとう》かどうかはわからない。

「次《つぎ》のかた、こちらへどうぞ！」

そんな話《はなし》をしているうちに、わたしたちの順番《じゅんばん》が来《き》ていた。

わたしはミユをポシェットから上着《うわぎ》のポケットにうつして、うっかり飛《と》んでいかないように気《き》をつけた。

係《かかり》の人《ひと》に誘導《ゆうどう》されて席《せき》に着《つ》くと、前《まえ》から安全《あんぜん》バーが下《お》りてきて体《からだ》を固定《こてい》される。

佐藤《さとう》くんに、

「だいじょうぶ？」

と聞《き》かれて、わたしは大《おお》きくうなずいた。でも、鼓動《こどう》が速《はや》くなっている。

ミユも緊張《きんちょう》しているのか、なにも言《い》わなくなった。

やがて、ブーッというブザー音《おん》がひびきわたると、わたしたちを乗《の》せたジェットコースターがゆっくりと動《うご》きだした。

ガタンガタンと音《おと》を立《た》てて、徐々《じょじょ》にスピードを増《ま》しながら前進《ぜんしん》していく。

やがて、重力《じゅうりょく》に逆《さか》らうように、ジェットコースターは空《そら》をめざしてのぼりはじめた。

ガタンガタンガタン……と、レールをのぼる音《おと》がひびく。

わっ、来《く》る、来《く》る、来《く》る！

わたしが思《おも》わず目《め》をつぶった瞬間《しゅんかん》、ガガ――――ッと大《おお》きな音《おと》を立《た》てて、ジェットコース

ICE CREAM
1

ターはいっきに地面《じめん》へとすべりおちた。足《あし》もとがひゅっとうく感《かん》じがこわい。気《き》がつくと、自《じ》分《ぶん》でもおどろくくらい、大《おお》きな悲鳴《ひめい》をあげていた。ポケットの中《なか》からも、同《おな》じような悲鳴《ひめい》が聞《き》こえてくる。

もう、こわい！　無理《むり》っ！　と思《おも》ったあたりで徐々《じょじょ》にスピードが落《お》ち、ジェットコースターはなにごともなかったように、さっき乗《の》りこんだ場所《ばしょ》へともどってきていた。

「はい、おつかれさまでした！　足《あし》もとに気《き》をつけておりてください！」

係《かかり》の人《ひと》にテキパキと誘導《ゆうどう》され、わたしたちは乗《の》り場《ば》をあとにした。

「長沢《ながさわ》さん、ずいぶんさけんでたね。だいじょうぶ？」

佐藤《さとう》くんに笑《わら》われて、顔《かお》から火《ひ》が出《で》そうだった。あまりにひどい悲鳴《ひめい》で、ゲンメツされてないかな？

ポケットの中《なか》から顔《かお》を出《だ》したミユが、

**「ああ、サイコー！　こわかったけど、おもしろかった～」**

と言《い》った。

「そうだね。いっぱいさけんじゃったけど、なんだかスッキリした！　次《つぎ》はどうする？　なにに乗《の》りたい？」

わたしが聞《き》くと、ミユは少《すこ》し考《かんが》えてから、

**「あれに入《はい》りたい」**

と言《い》った。ミユがさした先《さき》にあったのは、なんとおばけ屋敷《やしき》だった。

「えっ？　だって、あれって……」

わたしは思《おも》わずとまどってしまった。だって、ゆうれいがおばけ屋敷《やしき》に入《はい》るなんて、なんだかとっても妙《みょう》な感《かん》じだ。

**「だめ？　モモカはやっぱり、ゆうれいがこわいの？」**

いやいや、考《かんが》えようによっては、今《いま》のこの状況《じょうきょう》のほうが、おばけ屋敷《やしき》よりもよっぽどこわいけど……。

**「あそこに入《はい》ったら、このちびぱんの中《なか》からいったん出《で》てみるよ。それで、ちびぱんが無事《ぶじ》かどうかふたりの目《め》で確《たし》かめてみて。わたしの姿《すがた》はふたりには見《み》えないだろうけど、もし見《み》える人《ひと》が近《ちか》くにいても、おばけ屋敷《やしき》の中《なか》だからごまかせる気《き》がするし。どう？」**

　すると、佐藤《さとう》くんが口《くち》をはさんだ。

「あなたはおそらく、ちびぱんから出《で》たら、自分《じぶん》の力《ちから》では自由《じゆう》に移動《いどう》することができないんだよね？　あなたがなにか無茶《むちゃ》なことをしたら、ここへ置《お》いていくよ」

「長沢《ながさわ》さんの体《からだ》の中《なか》に入《はい》ろうとするとか」

**「無茶《むちゃ》なことって？」**

**「そんなこと、しないよ」**

「だいじょうぶだよ、佐藤《さとう》くん。わたしはミユを信《しん》じるよ。ただ、ちびぱんの無事《ぶじ》だけ確認《かくにん》させて」

　わたしたちは、いったんママのところへもどり、おばけ屋敷《やしき》へ行《い》くことを告《つ》げると、いよいよ、その中《なか》へ入《はい》っていったのだった。

この遊園地《ゆうえんち》のおばけ屋敷《やしき》は、こわくないってことでかえって有名《ゆうめい》なくらいだけど、ゆうれいといっしょに入《はい》ると思《おも》うと、さすがに少《すこ》し緊張《きんちょう》する。

カーテンのような入《い》り口《ぐち》をくぐり、くらやみに目《め》が慣《な》れてくると、ゆらゆらと動《うご》くガイコツや、あちこちに置《お》かれた作《つく》りもののおばけなどが目《め》に入《はい》る。さらに先《さき》のほうには井戸《いど》があって、そこから女《おんな》の人《ひと》がすすり泣《な》くような声《こえ》が聞《き》こえてきた。

**「さてと、このあたりでいいかな？」**

ミユがそう言《い》ったとき、背筋《せすじ》がゾクッとした。そして、少《すこ》したつと、

**「うーん」**

という声《こえ》がして、わたしの手《て》の中《なか》でちびぱんが大《おお》きなのびをした。

「ちびぱん？」

と声《こえ》をかけると、ちびぱんはシュタッと立《た》ちあがり、

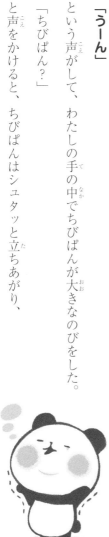

**「はいっ！」**

と元気《げんき》よく返事《へんじ》をした。

「ちびぱんが大好《だいす》きなのは？」

念《ねん》のため質問《しつもん》してみると、

**「でかぱんっ！」**

と即答《そくとう》したので、やっぱりちびぱんにまちがいなさそうだ。ちゃんと元気《げんき》みたい。ああ、よかった。

しかも、自分《じぶん》の体《からだ》を取《と》りもどしたちびぱんは、

**「あっ、モモカちゃん。あれ見《み》て！」**

と大声《おおごえ》をあげた。

ちびぱんが言《い》うほうを見《み》ると、なんとそこには、別《べつ》のちびぱんがいたのだ。一瞬《いっしゅん》、うちにいるはずのちびぱんがついてきたのかと思《おも》ったけど、それにしては様子《ようす》がおかしい。まず、暗《くら》がりでもわかるくらい、顔色《かおいろ》が悪《わる》い。そのうえ、手《て》を前《まえ》のほうへのばしてフラフラしている様子《ようす》は、まるで……、

**「ゾンビみたい！　ゾンビ～ぱんって呼《よ》ぼうよ。おばけ屋敷《やしき》だからちょうどいいね」**

と、ちびぱんが言《い》った。

「確《たし》かに……。あの子《こ》はうちにいるちびぱんたちとはちがうね。外《そと》にもいろんなちびぱんがいるってことかな」

帰《かえ》ったらでかぱんに報告《ほうこく》しなくちゃと思《おも》いつつ、今《いま》はそれどころじゃないことを思《おも》いだした。

「それより、だいじょうぶだった？」

**「ミユちゃんが入《はい》ってたこと？　だいじょうぶだよ。入《はい》っているときは、なにが起《お》こっているのかはわかるけど、自分《じぶん》でしゃべったり動《うご》いたりはできないの」**

「そうなんだ。ミユが入《はい》っているときも、完全《かんぜん》にねむっているわけじゃないんだね。それで、その……今《いま》、ミユがどこにいるかわかる？」

おそるおそる聞《き》くと、ちびぱんは通路《つうろ》の行《い》き止《ど》まりのところをさして、

**「あそこにいるよ」**

と言《い》った。

そこには、ろうそくに見《み》せかけたライトがたくさん並《なら》べられ、ゆらゆらと不気味《ぶきみ》な光《ひかり》を放《はな》っ

ていた。そのおくの壁《かべ》には、お墓《はか》でよく見《み》る、文字《もじ》が書《か》かれた細長《ほそなが》い木《き》の板《いた》が立《た》ててある。

**「そのライトの前《まえ》に立《た》っているよ」**

前《まえ》に、市立図書館《しりつとしょかん》へ行《い》ったときにもゆうれいがいたけど、霊感《れいかん》のないわたしや佐藤《さとう》くんの目《め》には見《み》えなかった。不思議《ふしぎ》な生《い》きものであるもちぱんたちには、その姿《すがた》が見《み》えるらしい。

わたしはライトの前《まえ》の空間《くうかん》をじっと見《み》つめた。

さっきまで身近《みぢか》に感《かん》じ、いっしょに遊《あそ》んでいたミユの姿《すがた》を、いくら目《め》をこらしても、わたしは見《み》ることができない。こわさを通《とお》りこして、なんだか悲《かな》しくなってしまった。

ミユが今《いま》、この世《よ》には生《い》きていないという事実《じじつ》を、見《み》せつけられている感《かん》じがしたのだ。

**「モモカちゃん！　ちびぱんはこの通《とお》り無事《ぶじ》だから、もう少《すこ》し、ミユちゃんに体《からだ》を貸《か》してあげるね」**

ちびぱんはそう言《い》って、ライトのほうへ近《ちか》づいていった。ライトの光《ひかり》が、ゆらりとゆれたかと思《おも》うと、

**「だいじょうぶだったみたいだから、もう少《すこ》し、この子《こ》の体《からだ》を借《か》りるね」**

とミユが話《はな》した。

**「さあ、時間《じかん》がなくなっちゃう！　メリーゴーラウンドと観覧車《かんらんしゃ》にも乗《の》りたいな」**

そう言《い》って走《はし》りだすミユのあとを追《お》って、わたしたちはおばけ屋敷《やしき》をあとにしたのだった。

ここの観覧車《かんらんしゃ》は、この規模《きぼ》の遊園地《ゆうえんち》のなかではけっこう大《おお》きいと思《おも》う。てっぺんまで上《あ》がると、まるで展《てん》望台《ぼうだい》のように、遠《とお》くまで見《み》わたすことができた。

「長沢《ながさわ》さん、ほら、学校《がっこう》が見《み》えるよ！」

佐藤《さとう》くんの声《こえ》に、わたしはこわごわ窓《まど》に近《ちか》づいた。

手《て》に持《も》ったポシェットから、ミユもおそるおそる顔《かお》を出《だ》す。

「ほんとだ！　ミユ、見《み》える？　あの大《おお》きなビルからずっと左《ひだり》のほう。あれが、わたしたちが通《かよ》っている学校《がっこう》だよ」

**「あっ、あの白《しろ》っぽい建物《たてもの》ね」**

ミユは窓《まど》に張《は》りつくようにして、学校《がっこう》のほうをじっと見《み》ていた。

**「いいなあ。学校《がっこう》……」**

「連《つ》れていってあげたいけど、今《いま》は夏休《なつやす》みで授業《じゅぎょう》がないんだよね」

わたしが言《い》うと、ミユはとても残念《ざんねん》そうだった。

二学期《がっき》が始《はじ》まるのは九月一日《がつついたち》だ。それまでずっとミユがいるというのは、どうなんだろう？

**「心配《しんぱい》しないで。そこまで長《なが》い間《あいだ》いたりしないから。でも、学校《がっこう》へは行《い》ってみたい。夏休《なつやす》みでも中《なか》には入《はい》れるの？」**

「図書館《としょかん》やプールが開放《かいほう》されている日《ひ》があるから、そういうときなら入《はい》れるよ。授業《じゅぎょう》は受《う》けられないけど、連《つ》れていってあげるよ」

**「ありがとう、モモカ。学校《がっこう》へ連《つ》れていってもらったら、ちゃんとさよならするね。佐藤《さとう》くんも、心配《しんぱい》をかけてごめんね」**

「うん、わかったよ。長沢《ながさわ》さん、そのときも、ぼくがついていくからね」

佐藤《さとう》くんが心配《しんぱい》してくれる気持《きも》ちはわかるけど、ミユがいなくなってしまったら、さびしくなるだろうなあ。ミユと学校《がっこう》へ行《い》ったときは、できるだけ好《す》きなことをさせてあげよう。

みんなでいっしょにアイスを食《た》べて、わたしたちは帰《かえ》りのバスへ乗《の》った。ママが後《うし》ろの座席《ざせき》でうとうとしているとき、バスは大《おお》きな病院《びょういん》の前《まえ》を通《とお》りかかった。

**「モモカ、わたしね、このくらい大《おお》きな病院《びょういん》に入院《にゅういん》してたの」**

ミユがさしたのは、このあたりで一番大《いちばんおお》きい大学病院《だいがくびょういん》だった。

「そうなんだ」

**「看護師《かんごし》さんたちが、みんなやさしくしてくれたんだ。でも、みんなにちゃんとありがとうって言《い》えなかったなあ」**

ミユがひとり言《ごと》のようにつぶやく。

「言《い》わなくてもきっと、ミユの気持《きも》ちは伝《つた》わってるよ」

**「そうかなあ。だといいんだけど。わたしね、もし病気《びょうき》が治《なお》ったら、小児科《しょうにか》の看護師《かんごし》さんになりたいって思《おも》っていたの。自分《じぶん》がしてもらったぶん、今度《こんど》はわたしが返《かえ》してあげたいって。結局《けっきょく》、なれなかったけどね」**

そう言《い》って、ミユは笑《わら》った。

自分《じぶん》がつらかったから、その気持《きも》ちがわかるから、病気《びょうき》でたいへんな思《おも》いをしている子《こ》どもたちを、ミユは助《たす》けたかったんだね。

「やさしいね、ミユ」
わたしは、ミユの頭《あたま》をそっとなでた。ミユは、そのままだまっていた。泣《な》いていたのかもしれない。

家《いえ》に着《つ》いて、部屋《へや》へもどったわたしは、もう一度《いちど》、あの絵本《えほん》を広《ひろ》げてみた。
わたしにもできるかな？
ミユみたいな子《こ》を、自分《じぶん》の絵《え》で元気《げんき》づけることが。
がんばって絵《え》をかきつづけよう。わたしはそう心《こころ》にちかったのだった。

7月《がつ》31日《にち》 モモカ

天気《てんき》 くもり

ミユを連《つ》れて、遊園地《ゆうえんち》へ
佐藤《さとう》くんとママもいっしょ。
おばけ屋敷《やしき》ではゾクッとしたけど
楽《たの》しかったなぁ。いつかわたしの絵《え》で
ミユみたいな子《こ》を元気《げんき》にして
あげられたらいいな。

ジェットコースターで
さけびすぎて
はずかしい・・・・・。

# 第《だい》3話《わ》　体育館倉庫《たいいくかんそうこ》のゆうれい

ミユを連《つ》れて学校《がっこう》へ行《い》く日《ひ》を、いつにしようかと考《かんが》えていたとき、仲《なか》よしのナホから電話《でんわ》がかかってきた。

「モモカ、例《れい》の球技大会《きゅうぎたいかい》どうする？　バスケの定員《ていいん》がまだ足《た》りないみたいだよ。参加《さんか》するならあさってから体育館《たいいくかん》で練習《れんしゅう》するんだって。ミサキもさそって、いっしょに出《で》ない？」

「あっ、すっかり忘《わす》れてた！」

「わたしも〜。モモカとミサキがオッケーだったら、ヤマさんに連絡《れんらく》しとくよ」

「出《で》る出《で》る！　ありがとう」

そうだ！　プール開放日《かいほうび》まで学校《がっこう》の行事《ぎょうじ》はないと思《おも》っていたけど、これがあったんだった。

わたしたちが暮《く》らす市《し》では、毎年《まいとし》、夏休《なつやす》み中《ちゅう》に、五、六年生《ねんせい》だけが参加《さんか》できる球技大会《きゅうぎたいかい》が開《ひら》かれる。競技《きょうぎ》はバスケットボールとドッジボールのみ。自由参加《じゆうさんか》だけど、小学校《しょうがっこう》ごとにチームを組《く》むから、それぞれの学校《がっこう》の体育館《たいいくかん》で練習《れんしゅう》することになる。

わたしは、ナホやミサキといっしょに、子《こ》どもも大人《おとな》も自由《じゆう》に参加《さんか》できる、商店街《しょうてんがい》のバスケチームでときどき練習《れんしゅう》している。球技大会《きゅうぎたいかい》のバスケのほうにも出《で》てみたいねって、前《まえ》から三人《にん》で話《はな》していたのだった。

わたしの説明《せつめい》を聞《き》いたミユは、目《め》をかがやかせて喜《よろこ》んだ。

**「じゃあ、球技大会《きゅうぎたいかい》の練習《れんしゅう》をしているところを見《み》たり、試合《しあい》の応援《おうえん》をしたりできるのね！」**

「うん。参加校《さんかこう》三つの小《ちい》さな大会《たいかい》だけど、雰囲気《ふんいき》は味《あじ》わえると思《おも》うよ。今年《ことし》はうちの学校《がっこう》の体《たい》育館《いくかん》が会場《かいじょう》みたいだから、気合《きあ》いが入《はい》るんじゃないかな。わたしもなんか燃《も》えてきたっ！」

**「モモカが出《で》るのは女《おんな》の子《こ》のチームなの？　佐藤《さとう》くんはさそわなくていいの？」**

そういえば、男女混合《だんじょこんごう》チームだったはず。

そっか、佐藤《さとう》くんをさそってもいいんだ。

でも、佐藤《さとう》くんがバスケをしてるところって見《み》たことないなあ。クラスの男子《だんし》とサッカーをしているところはよく見《み》るけど……。

もし、ふたりともバスケに出《で》ることになったら、佐藤《さとう》くんからパスをもらったりもするんだ。なんだか照《て》れちゃうなあ。

**「もしもーし、モモカさーん。妄想《もうそう》にふけってないで、早《はや》く連絡《れんらく》したら？」**

ミユにつつかれ、わたしは急《いそ》いで佐藤《さとう》くんに電話《でんわ》した。

「ああ、夏休《なつやす》み前《まえ》にヤマさんがそんなこと言《い》ってたね。じゃあ、ぼくもバスケに出《で》るよ。ヤマさんには自分《じぶん》で連絡《れんらく》するからだいじょうぶ。ただ、バスケはそんなに得意《とくい》じゃないんだよね。背《せ》も低《ひく》いし……」

「じゃあ、佐藤《さとう》くんはドッジボールにする？」

「まさか。長沢《ながさわ》さんといっしょがいいし。かっこいいところ見《み》せられるよう、がんばるよ！」

「かっこいいところ？　だれに見《み》せるの？」

「そんなの決《き》まってるでしょ。じゃあ、あさって学校《がっこう》でね」

そう言《い》って、佐藤《さとう》くんは電話《でんわ》を切《き》ってしまった。

そんなの決《き》まってるでしょって、どういうこと？

**「やだーっ！　モモカに見《み》せたいってことでしょ。ラブラブね！」**

とミユに言《い》われ、わたしは赤面《せきめん》した。

あ、なんだ。そういうこと？　ほんとに？

それはさておき、久々《ひさびさ》にバスケができるのは楽《たの》しみだな。ナホやミサキ、佐藤《さとう》くんまでいっしょだし。そして、なにより、ミユを喜《よろこ》ばせてあげられることがうれしかった。


今日《きょう》から体育館《たいいくかん》で練習《れんしゅう》という日《ひ》の朝《あさ》、ミユはいつになくぼんやりとママのほうを見《み》ていた。

「あら、ちびぱんちゃん、どうしたの？　なにか食《た》べたいの？」

ミユは、だまったまま首《くび》を横《よこ》に振《ふ》ると、わたしのそばへ来《き》てくっついた。

「その子《こ》は、いつもモモカのそばにいるのね。ほかの子《こ》はでかぱんちゃんにべったりなのに」

「そうだね。なんでだろ、あはは」

と、わたしは笑《わら》ってごまかした。

でかぱんはリビングのソファでゴロゴロしながら、ワイドショーを見《み》ている。そのまわりにはミユ以外《いがい》のちびぱんたちがくっついていた。

**「モモカ、この人《ひと》、知《し》ってる？」**

でかぱんがテレビの中《なか》にいる女優《じょゆう》さんをさして聞《き》いた。

「知《し》ってるよ。こないだモッチーとドラマで共演《きょうえん》してた。どうして？　まさか、好《す》きなの？」

もしかして、でかぱんが恋《こい》？

**「コマーシャルでおっきいおにぎり食《た》べてた。おにぎり、とってもおいしそうだった。あれ、もち米《ごめ》だったのかなあ？」**

ガクッ！　やっぱり、でかぱんは色気《いろけ》より食《く》い気《け》だよね……。

でかぱんをリビングに置《お》きざりにして、部屋《へや》へもどろうとしたら、ミユだけがついてきた。

「ミユ、元気《げんき》ないね。どうしたの？」

**「うん、ちょっと考《かんが》えちゃったの」**

「なにを？」

**「こないだ、モモカのママの生年月日《せいねんがっぴ》を聞《き》いたの。わたしと同《おな》じ年《とし》に生《う》まれたのね」**

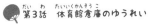

「ああ、そうみたい」

**「わたしもあのまま生《い》きていたら、モモカのパパみたいにやさしい男《おとこ》の人《ひと》を好《す》きになって、結《けっ》婚《こん》して、モモカみたいな女《おんな》の子《こ》を産《う》んだりしたのかなって……」**

そうかもしれない。女《おんな》の人《ひと》がみんな、結婚《けっこん》して子《こ》どもを産《う》むとは限《かぎ》らないけど、ミユがもし生《い》きていたら、そういう可能性《かのうせい》だってあっただろう。

でも、ミユは死《し》んでしまった。たった十一歳《さい》で。

いったい、人生《じんせい》ってなんなの？　運命《うんめい》って、だれが決《き》めているの？

先《さき》のことなんて、ちっともわからない。わたしだってまさか、もちぱんたちと暮《く》らすことになるとは思《おも》ってもみなかったし。もちぱんたちに会《あ》えていなければ、ミユとこうしていることもなかっただろう。

**「モモカは、いつか佐藤《さとう》くんと結婚《けっこん》するのかな？」**

「そんな先《さき》のこと、まだわかんないけど……」

と言《い》いながら、大人《おとな》になった佐藤《さとう》くんと自分《じぶん》が朝《あさ》ごはんを食《た》べているところを想像《そうぞう》してしまった。食卓《しょくたく》には、当《あ》たり前《まえ》のようにでかぱんたちもいる。

それを話《はな》すと、ミユはやっと笑《わら》った。

**「あははっ。そうだったらおもしろいね！」**

いざ学校《がっこう》へ行《い》こうというときになって、ミユはヘンなことを言《い》いだした。

**「モモカ、でかぱんも連《つ》れていってくれる？」**

「どうして？」

**「ちびぱんは、わたしの姿《すがた》が見《み》えるけど、会話《かいわ》はできないもの。なにかアクシデントが起《お》こって、わたしがちびぱんの体《からだ》から飛《と》びだしたとするじゃない？　そしたら、助《たす》けを求《もと》めても、ちびぱんには聞《き》こえないのよ。でも、でかぱんには聞《き》こえるみたいだから、ボディガードとしてついてきてほしいの」**

ゆうれいが身《み》を守《まも》るためにボディガードを連《つ》れて歩《ある》くとは……。なんだか妙《みょう》な気《き》はするけど、ミユがこわい目《め》にあうのはいやだし、でかぱんも連《つ》れていくことにした。

でかぱんは、午後《ごご》にドラマの再放送《さいほうそう》があるから行《い》かないと言《い》いはっていたけど、ちゃんと録画《ろくが》するし、校庭《こうてい》にあるタイヤのブランコで遊《あそ》ばせてあげるからと言《い》ったら、ついてきてくれることになった。

ママは、でかぱんがだれかに見《み》つかってたいへんなことにならないか、家《いえ》を出《で》る直前《ちょくぜん》まで心配《しんぱい》していたけど、いつも家《いえ》でゴロゴロしているよりは、でかぱんの健康《けんこう》のためにもいいかもしれないと言《い》って、送《おく》りだしてくれた。もちろん、本当《ほんとう》の目的《もくてき》のことは言《い》っていない。

佐藤《さとう》くんと待《ま》ちあわせて、でかぱんが入《はい》ったリュックを持《も》ってもらった。ミユはわたしのカバンのポケットに入《はい》っている。

「ミユ、これがわたしたちの学校《がっこう》だよ」

校門《こうもん》の前《まえ》で立《た》ちどまり、わたしはポケットに向《む》かってささやいた。

**「わあ！　わたしが通《かよ》っていたところと似《に》てる。学校《がっこう》にあるものって、何十年《なんねん》たってもそんなに変《か》わらないのね」**

ミユはポケットから身《み》を乗《の》りだして、校庭《こうてい》の花《か》だんや、鉄棒《てつぼう》や、プールをなつかしそうに見《み》ている。

やがて、体育館《たいいくかん》に着《つ》くと、わたしと佐藤《さとう》くんはくつをはきかえて中《なか》へ入《はい》った。ナホとミサキはすでに来《き》ていて、こちらを見《み》て手《て》を振《ふ》っている。何人《なんにん》か先生《せんせい》もいて、ヤマさんの姿《すがた》もあった。

荷物《にもつ》は、体育館《たいいくかん》のすみにまとめて置《お》くことになっていた。でかぱんが入《はい》ったリュックもそこに置《お》いた。ミユは、わたしのハーフパンツのポケットに入《はい》っている。

ぶつかったり、落《お》っこちたりするかもしれないから危《あぶ》ないよと言《い》ったんだけど、どうしても

ここにいたいと言《い》ってきかなかったのだ。

**「スポーツをしている気分《きぶん》を、少《すこ》しでも味《あじ》わいたいの！」**

と言《い》われると、かなえてあげたいなと思《おも》ってしまう。

ランニングやフットワーク、パス練習《れんしゅう》などが一通《ひととお》り終《お》わると、チームに分《わ》かれて試合形式《しあいけいしき》の練習《れんしゅう》をすることになった。

バスケでの出場《しゅつじょう》を希望《きぼう》した人《ひと》は、結局全部《けっきょくぜんぶ》で十五人《にん》。六年生《ねんせい》が七人《にん》、五年生《ねんせい》はわたしたち四人《にん》のほかに、となりのクラスの子《こ》が四人《にん》いた。ヤマさんが、

「今年《ことし》はドッジボールのほうが人気《にんき》だなあ。夏休《なつやす》み中《ちゅう》で、あちこち行《い》ってる子《こ》が多《おお》いから、毎《まい》年選手《としせんしゅ》を集《あつ》めるのがたいへんだよ」

とグチっていた。

そうだよね。興味《きょうみ》があったわたしたちでさえ、すっかり忘《わす》れていたくらいだし。

バスケは五人対《にんたい》五人《にん》で行《おこな》うスポーツだ。十五人《にん》を七人《にん》と八人《にん》の二チームに分《わ》け、交代《こうたい》しながら練習試合《れんしゅうじあい》をした。

ジャンケンでチーム分《わ》けしたら、わたしとミサキ、ナホと佐藤《さとう》くんが同《おな》じチームになった。

佐藤《さとう》くんと同《おな》じチームがよかったのに……、残念《ざんねん》。

バスケはあんまり得意《とくい》じゃないって言《い》っていたけど、佐藤《さとう》くんの動《うご》きはすばやかった。

背《せ》が高《たか》くないから、シュートは六年生《ねんせい》に止《と》められていたけど、パスはいいところに出《だ》すし、ドリブルでディフェンスをかわすところなんて、敵《てき》チームなのについ見《み》とれてしまう。

交代《こうたい》する番《ばん》になってコートから出《で》たとき、ミユがポケットから身《み》を乗《の》りだして、

**「佐藤《さとう》くん、かっこいいね！」**


とささやいた。

たとえバスケがうまくなくたって、佐藤《さとう》くんはかっこいいんだけど、いつにも増《ま》してまぶし

く見《み》える。それに、友《とも》だちに好《す》きな人《ひと》のことをかっこいいって言《い》われると、まるで自分《じぶん》のことをほめられたみたいにうれしくなる。恋《こい》って不思議《ふしぎ》だな。

しばらくして、交代《こうたい》の時間《じかん》が来《き》たので、わたしは再《ふたた》びコートに入《はい》った。

だれかがはじいたボールがわたしのほうへ飛《と》んでくる。キャッチしようとしたとき、後《うし》ろから走《はし》ってきていた六年生《ねんせい》の男《おとこ》の子《こ》が、勢《いきお》いあまってわたしにぶつかった。

「イタッ！」

気《き》がつくと、わたしは体育館《たいいくかん》のゆかの上《うえ》にたおれていた。

「だいじょうぶ？」

という佐藤《さとう》くんの声《こえ》がして、ナホ、ミサキ、ヤマさん、そして、ぶつかった男《おとこ》の子《こ》が心配《しんぱい》そうにこっちを見《み》ている。

「あっ、はい！　だいじょうぶです」

あわてて立《た》ちあがろうとしたら、強《つよ》くぶつけたおしりのあたりが痛《いた》かった。

思《おも》わずさすっていると、ヤマさんが、

「今《いま》、入《はい》ったばかりだけど、ちょっと休《やす》んでなさい。だいじょうぶだったら、また入《はい》って」

と言《い》ったので、わたしは再《ふたた》びコートの外《そと》に出《で》た。

あっ、そうだ！　ミユ、だいじょうぶだったかな？

ポケットに手《て》を入《い》れて、わたしは真《ま》っ青《さお》になった。

ミユがいない！

あせってあたりを見《み》ると、コートの外《そと》に、ぶつかった衝撃《しょうげき》でポケットから飛《と》ばされたらしい、ちびぱんの姿《すがた》があった。

急《いそ》いで拾《ひろ》いに行《い》き、

「だいじょうぶ？」

と話《はな》しかけると、

**「うーん。びっくりしたあ。あ、モモカちゃん！」**

という答《こた》えが返《かえ》ってきた。

無事《ぶじ》みたい。よかったあ。でも、あれ、今《いま》「モモカちゃん」って言《い》った？

「もしかして、ミユじゃないの？　ちびぱんにもどった？」

**「うん。ミユちゃん、今《いま》のショックでいなくなっちゃったみたい」**

たいへん！　どうしよう？

「ミユがどこに行《い》ったか、わかる？　ミユの姿《すがた》、見《み》える？」

ちびぱんは、わたしの両手《りょうて》の中《なか》から顔《かお》を出《だ》してキョロキョロしていたけど、

**「近《ちか》くにはいないみたい……」**

と答《こた》えた。

そんな……。このままミユのことを見失《みうしな》っちゃうなんていや。球技大会《きゅうぎたいかい》、楽《たの》しみにしてくれ

ていたのに。

そのとき、ちびぱんが空中《くうちゅう》をじっと見《み》つめたまま、こう言《い》った。

**「モモカちゃん、あの、びっくりしないでね。そこに、ミユちゃんじゃない、ゆうれいがいるよ。三年生《ねんせい》くらいの小《ちい》さい男《おとこ》の子《こ》」**

「えっ？」

背筋《せすじ》がゾクッとした。ちびぱんがさしたのは体育館《たいいくかん》の中《なか》にある倉庫《そうこ》のほうだった。そういえば、そこは前《まえ》からゆうれいが出《で》るといううわさのあるところだ。

「ミユのこと、なにか知《し》っていそう？」

**「どうだろう？　わからないなあ」**

そうだ！　でかぱんがいたんだった。

わたしはちびぱんを連《つ》れてリュックのほうへ急《いそ》いだ。さっきぶつけたおしりが痛《いた》いけど、今《いま》はそれどころじゃない。

でかぱんが入《はい》っているリュックをかかえて、今度《こんど》は倉庫《そうこ》の近《ちか》くへ行《い》った。心《こころ》なしか、このあたりだけ空気《くうき》がひんやりしている気《き》がする。

「でかぱん、ゆうれいと話《はな》せるでしょ？　ミユがどこに行《い》ったか聞《き》いてくれない？　お願《ねが》い」

と言《い》いながら、でかぱんはリュックからちょっとだけ顔《かお》を出《だ》して、あたりを見回《みまわ》した。そして、

**「えーっ、やっとタイヤで遊《あそ》べるのかと思《おも》ったのに」**

だれもいない壁《かべ》に向《む》かって、

**「ねえ、五年生《ねんせい》のとうめいな女《おんな》の子《こ》、見《み》なかった？」**

とたずねた。すると、ちびぱんが、

**「あっちって指《ゆび》さしてる！　きっと倉庫《そうこ》の中《なか》のことだよ」**

と言《い》ったので、わたしは壁《かべ》に向《む》かって、

「ありがとう！」

とお礼《れい》を言《い》うと、リュックをかかえたまま、うす暗《ぐら》い倉庫《そうこ》の中《なか》へと入《はい》っていった。

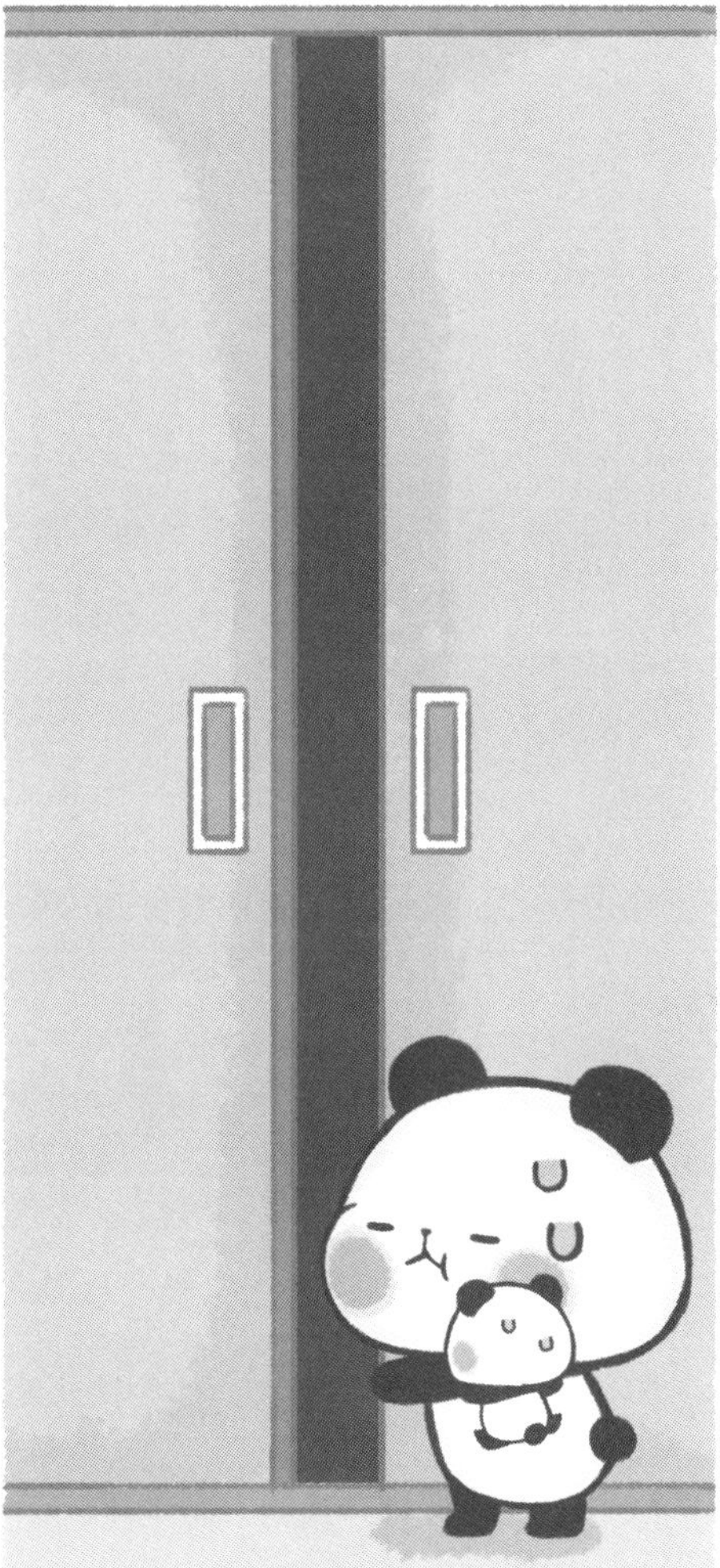

「ミユ、いるの？」

四方《しほう》をコンクリートの壁《かべ》に囲《かこ》まれた倉庫《そうこ》の中《なか》は暗《くら》く、ひんやりとした空気《くうき》に包《つつ》まれている。

ゆうれいが見《み》えなくても、ひとりではあまり入《はい》りたくない場所《ばしょ》だ。わたしはでかばんが入《はい》っているリュックをギュッと抱《だ》きしめた。

倉庫《そうこ》の中《なか》には、ボールがつまったカゴや、とび箱《ばこ》、マットなどが置《お》いてあるけど、おくのほうは暗《くら》くてよく見《み》えない。

そうだ、電気《でんき》をつければよかったんだ。スイッチは外《そと》の壁《かべ》にあったかも。いったん、倉庫《そうこ》から出《で》ようと思《おも》って振《ふ》りかえったら、ドアが勝手《かって》にバンッと閉《し》まった。

「キャアッ！　なに？　か、風《かぜ》かな？」

と言《い》いながらドアを開《あ》けようとしたけど、まったく動《うご》かない。

うそっ！　まさかカギがかかっちゃったの？　やだ、こわい！

**「さっきの子《こ》がいじわるしたんだよ」**

とでかぱんが言《い》った。

さっきの子《こ》って、ミユじゃないゆうれいの子《こ》？　ゆうれいに閉《と》じこめられたってこと？　こわっ！

とにかく、早《はや》くミユを連《つ》れて帰《かえ》らなくちゃ！

**「あっ、いたよ！　ミユちゃん！」**

ミユを見《み》つけたちびぱんが、とび箱《ばこ》の前《まえ》のほうへ走《はし》っていった。

「ミユ、さっきはびっくりしたよね？　だいじょうぶ？」

もどってきたちびぱんにたずねると、

**「モモカちゃん、実《じつ》はまだちびぱんなの。ミユちゃん、入《はい》れないみたい」**

「えっ？　どういうこと？」

わたしがあせって聞《き》くと、でかぱんが答《こた》えた。

**「たぶん、さっきの子《こ》がじゃましてるんだ」**

「そんな……。あの子《こ》はここにいるの？　なにが目的《もくてき》なの？」

**「ミユがモモカと仲《なか》よくしているのが気《き》にいらないみたい」**

「どうして？　仲《なか》よくしてなにが悪《わる》いの！　だって、わたしとミユは友《とも》だちだもん。生《い》きているとかいないとか、見《み》えるとか見《み》えないとか関係《かんけい》なく、友《とも》だちになったんだもん！」

わたしがなみだ目《め》になりながらそう言《い》ったとき、

「モモカ！」

とさけぶ、ミユの声《こえ》が聞《き》こえた気《き》がした。ちびぱんを通《とお》していない、おそらくミユ本人《ほんにん》の声《こえ》。

そして、倉庫《そうこ》のおくの暗《くら》がりの一部《いちぶ》が白《しろ》っぽく光《ひか》り、そこに髪《かみ》の長《なが》いきゃしゃな女《おんな》の子《こ》が立《た》っていた。少《すこ》し悲《かな》しげな口《くち》もとには、やさしいほほえみがうかんでいる。

「ミユ！　ミユなのね」

わたしが感動《かんどう》している間《あいだ》に、ちびぱんがミユのもとへ走《はし》った。すると、ミユの姿《すがた》がフッと消《き》えて、倉庫《そうこ》は元《もと》の暗《くら》がりにもどった。

**「モモカ！　もどれた。また、ちびぱんの中《なか》に入《はい》れたよ」**

と言《い》いながら、ミユがわたしのもとへもどってきた。

ああ、よかった。それにしても、まだドキドキしている。

生《う》まれて初《はじ》めて、ゆうれいを見《み》てしまった。

でも、あれはゆうれいというより、ミユだった。大好《だいす》きな、わたしの友《とも》だち。

ガチャガチャッと音《おと》がして、倉庫《そうこ》のドアが開《あ》いた。

「長沢《ながさわ》さんっ？」

と声《こえ》がして、佐藤《さとう》くんがあわてて飛《と》びこんできた。その後《うし》ろには、ナホとミサキの心配《しんぱい》そうな顔《かお》があった。

「ごめんね。汗《あせ》かいたから、ここで着《き》がえようとしてたの。そうしたら、とつぜん、ドアが閉《し》まっちゃって……」

みんながいる手前《てまえ》、わたしはテキトーなことを言《い》ってごまかした。

すると、ヤマさんが首《くび》をひねった。

「カギなんか、だれもかけてないけどなあ？」

わたしは小声《こごえ》で、さっきのゆうれいの子《こ》がまだ近《ちか》くにいるか、でかぱんにたずねた。

**「もういないよ。気配《けはい》もしない。どこかに行《い》っちゃったみたい」**

でかぱんの返事《へんじ》にホッとしたものの、卒業《そつぎょう》するまで、なるべく倉庫《そうこ》には近《ちか》づかないようにしようと思《おも》った。

ナホやミサキと校門《こうもん》のところで別《わか》れたあと、人《ひと》がいなくなったすきを見計《みはか》らって、でかぱんをタイヤブランコのところへ連《つ》れていった。佐藤《さとう》くんもいっしょだ。

**「わあ！」**

と歓声《かんせい》をあげて、タイヤの穴《あな》にすっぽりとはまったでかぱんは、そのまま満足《まんぞく》そうにゆれている。万一《まんいち》、遠《とお》くからだれかに見《み》られても、パンダのぬいぐるみをブランコに乗《の》せている、ぐらいにしか思《おも》われないだろう。

わたしは佐藤《さとう》くんに、倉庫《そうこ》での出来事《できごと》を話《はな》した。

「そんなことがあったんだ！　ああ、ほんとに無事《ぶじ》でよかったよ。それで、その男《おとこ》の子《こ》のゆうれいはどうなったの？」

佐藤《さとう》くんの質問《しつもん》に、ミユが答《こた》えた。

**「ちびぱんの体《からだ》の中《なか》から飛《と》びだしたとき、あの子《こ》に強引《ごういん》に引《ひ》っぱられて、倉庫《そうこ》の中《なか》に閉《と》じこめられたの。友《とも》だちが待《ま》っているからここから出《だ》してって言《い》ったら、『相手《あいて》はきみのことを友《とも》だちだなんて思《おも》っていない』って言《い》われて……」**

「ひどい！　そんなこと言《い》われたの」

**「うん。でも、モモカがあの子《こ》の前《まえ》で、友《とも》だちだってはっきり言《い》ってくれたでしょ。それを聞《き》いたら、どこかへ行《い》っちゃった」**

そうなんだ。ミユがいろいろとさびしい思《おも》いをしていたように、その子《こ》にもゆうれいになるだけの事情《じじょう》があったんだろう。

初《はじ》めて会《あ》ったミユやわたしにいじわるするところから考《かんが》えても、なにか複雑《ふくざつ》なものをかかえていそうだ。

「友《とも》だちに会《あ》いたくなったのかもね」

佐藤《さとう》くんがポツリとつぶやくように言《い》った。

「ミユさんと長沢《ながさわ》さんみたいな関係《かんけい》もあるって知《し》って、だれかに会《あ》いに行《い》ったのかも」

そうかもしれない。だとしたら、無事《ぶじ》に会《あ》えるといいな。でも、相手《あいて》にこわがられたりしたら、傷《きず》ついちゃうかもしれない。

そっか、ゆうれいだからって、むやみやたらにこわがるのはよくないね。でも、こわいものはこわいんだけど……。

外《そと》は明《あか》るかったけど、夕方近《ゆうがたちか》くになっていた。まだまだここにいたいと言《い》うでかぱんをなだめて、わたしたちは家《いえ》へと帰《かえ》ったのだった。

8月《がつ》2日《にち》　でかぱん　天気《てんき》　はれ

モモカに連《つ》れられて学校《がっこう》へ
行《い》ってきたよ。すぐに
タイヤブランコで遊《あそ》びたかった
のに、いろいろあって待《ま》たされた。
でも、待《ま》ったかいがあって
最高《さいこう》だったー。

タイヤブランコ
おうちにほしい!!

# 第《だい》4話《わ》 わたしの親友《しんゆう》

いよいよ、球技《きゅうぎ》大会《たいかい》本番《ほんばん》の日《ひ》。

リュックのほかに、もうひとつボストンバッグを持《も》って体育館《たいいくかん》にやってきたわたしを見《み》て、ナホとミサキが、

「モモカ、荷物《にもつ》多《おお》すぎ！」

と、すかさずツッコミを入《い》れた。

だって、今日《きょう》は着《き》がえやお弁当《べんとう》も持《も》ってこないといけなかったし。それに、リュックはでかぱんだけでパンパンなんだもん。

そう、結局《けっきょく》、今日《きょう》もでかぱんについてきてもらうことにした。

またあの男《おとこ》の子《こ》のゆうれいが出《で》たら困《こま》るなあと話《はな》していたら、でかぱんが自分《じぶん》からついていくと言《い》いだしたのだ。よっぽど、タイヤブランコが気《き》にいったにちがいない。

他校《たこう》の選手《せんしゅ》が会場入《かいじょうい》りし、学校《がっこう》ごとに場内練習《じょうないれんしゅう》をしたあと、いよいよ第《だい》一試合《しあい》が開始《かいし》された。

こないだの教訓《きょうくん》を生《い》かし、ミユは、でかぱんといっしょにリュックの中《なか》から試《し》合《あい》を見《み》ている。

第《だい》一試合《しあい》、わたしは佐藤《さとう》くんとともに、とちゅうから出場《しゅつじょう》した。

敵《てき》のドリブルを、佐藤《さとう》くんがカット。目《め》の前《まえ》のディフェンスをフェイントでかわす、わたし。

走《はし》りながらパスを受《う》けとって、ドリブルシュート。

「佐藤《さとう》くん、こっち！」

よしっ！　きれいに決《き》まった！

「長沢《ながさわ》さん、ナイスシュート！」

と言《い》って、佐藤《さとう》くんがハイタッチをしてくれた。こういうの、うれしい！　やっぱり同《おな》じチームって、サイコー！

そのあとも、試合《しあい》はつねにわたしたちのチームがリードし、二十点《てん》ほど差《さ》をつけて第《だい》一試合《しあい》を終《お》えることができた。

**「モモカ、かっこよかった〜！　おめでとう！」**

ベンチへもどると、リュックの中《なか》からミユが興奮気味《こうふんぎみ》に話《はな》しかけてきた。わたしはリュックを持《も》って、体育館《たいいくかん》のはしのほうへ移動《いどう》する。

「えへへ。ありがとう。まだ、一試合勝《しあいか》っただけだけど」

**「佐藤《さとう》くんのパスをもらったモモカがシュートを決《き》めたとき、なんだか泣《な》きそうになったよ。息《いき》がぴったりだったね」**

「そうかなあ。うふふ」

そんなふうに言《い》われると、照《て》れくさいけどうれしい。わたしがニマニマしていると、ミユがポツリとつぶやいた。

**「いいなあ……。あんなに思《おも》いっきり走《はし》れて」**

ああ、そうだよね。ちびぱんの中《なか》に入《はい》ってから、ミユはちょこまかとよく動《うご》いているけど、本当《ほんとう》は元《もと》の姿《すがた》で動《うご》いてみたいよね。両手《りょうて》や両脚《りょうあし》を大《おお》きくのばして、思《おも》いっきり走《はし》ってみたいよね。

わたしは、リュックをかかえたまま、女子《じょし》トイレへと向《む》かった。

幸《さいわ》い、トイレにはだれもいない。

個室《こしつ》に入《はい》ってカギを閉《し》めると、わたしはリュックからミユを取《と》りだして、こう言《い》った。

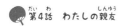

「ミユ、わたしの体《からだ》を貸《か》すよ」

**「えっ？」**

「次《つぎ》の試合《しあい》、わたしの体《からだ》の中《なか》に入《はい》って、出《で》てみない？」

ミユはとってもおどろいたようで、口《くち》をあんぐりと開《あ》けたまま、しばらくわたしの顔《かお》を見《み》つめていた。そして、

**「そんな、モモカ……。だめだよ。そんなことしたら、わたしが佐藤《さとう》くんに殺《ころ》される！」**

と真顔《まがお》で言《い》った。

殺《ころ》されるって、すでにゆうれいなのに……。

「ミユ、思《おも》いっきり走《はし》りたいでしょ？　ここは女子《じょし》トイレで、佐藤《さとう》くんは聞《き》いていないし、試合《しあい》が終《お》わったら、すぐにもどればだいじょうぶだよ」

**「ほんとに？　佐藤《さとう》くんを裏切《うらぎ》るみたいで悪《わる》くない？」**

確《たし》かに、あれほど心配《しんぱい》してくれる佐藤《さとう》くんにナイショでこんなまねをするのは、正直《しょうじき》、胸《むね》が痛《いた》い。

でも、ミユの願《ねが》いを少《すこ》しでも多《おお》くかなえてあげたい。

「もし、ばれちゃったとしても、あとでちゃんと話《はな》せば、佐藤《さとう》くんならわかってくれるんじゃないかな？」

**「そうかなあ？　やっぱりやめておこうよ。ね、見《み》ているだけでも楽《たの》しいから」**

ミユはそう言《い》って笑《わら》ったけど、それじゃあ、わたしの気《き》がすまない。

**「モモカ、わかってる？　わたしがモモカの体《からだ》の中《なか》に入《はい》って、モモカのふりをして体《からだ》を乗《の》っとる可能性《かのうせい》だってあるんだよ？」**

そんなこと、ミユはしないと思《おも》うけど……。

**「そしたら、モモカは二度《にど》と佐藤《さとう》くんに会《あ》えなくなるんだよ。佐藤《さとう》くんだけじゃない、モモカのパパやママ、クラスの友《とも》だち、みんなに会《あ》えなくなるんだよ。それでもいいの？」**

早《はや》くしないと、次《つぎ》の試合《しあい》が始《はじ》まってしまう。わたしは、ミユが入《はい》っている小《ちい》さなちびぱんをギュッと抱《だ》きしめた。

「ミユ、聞《き》いて！　ミユの願《ねが》いは、もうわたしの願《ねが》いなの。このままミユに体《からだ》を貸《か》さなかったら、わたし一生後悔《いっしょうこうかい》するような気《き》がする。さあ、早《はや》く入《はい》って！」

**「モモカ……」**

気《き》がつくと、わたしの体《からだ》は体育館《たいいくかん》に向《む》かうろうかを歩《ある》いていた。

でも、体《からだ》を動《うご》かしているのはわたしではない。わたしの意思《いし》とは無関係《むかんけい》に体《からだ》が動《うご》いている。

（モモカ、モモカ。だいじょうぶ？）

ミユの声《こえ》が聞《き》こえた。声《こえ》といっても、これは実際《じっさい》に外《そと》に出《で》ているわけじゃなく、わたしの頭《あたま》の中《なか》にひびいているのだと思《おも》う。頭《あたま》の中《なか》に、自分《じぶん》とミユがいる感《かん》じ。すごく不思議《ふしぎ》な感覚《かんかく》だ。

（モモカ、ありがとう！　お言葉《ことば》にあまえさせてもらうね）

（うん。試合《しあい》、がんばってね！）

**「あっ、あそこになにかいるよ！」**

ちびぱんの声《こえ》がして、ミユが立《た》ちどまった。ミユはでかぱんと、さっきまで自分《じぶん》が入《はい》っていたちびぱんを入《い》れたリュックをかかえて歩《ある》いているようだ。

そういえば、でかぱんはなにも言《い》わなかったなあ。寝《ね》ているのかな？　わたしがミユに体《からだ》を貸《か》すこと、どう思《おも》ったんだろう？

ちびぱんがさした先《さき》には、赤《あか》、緑《みどり》、ピンク、黄《き》、青《あお》の五色《しょく》の服《ふく》を着《き》た戦隊《せんたい》ヒーローみたいなかっこうをしたちびぱんたちがいた。赤《あか》いちびぱんが、

**「ちびぱんレンジャー参上《さんじょう》！」**

と言《い》うと、五ひきがサッとポーズを決《き》める。

**「あっ、ちびぱんレンジャーだ！　どうしたの？」**

と、ふつうのちびぱんが聞《き》くと、

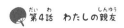

**「われわれには、でかぱんの心《こころ》の声《こえ》が聞《き》こえるのだ。でかぱんは今《いま》、困《こま》っている。だから、でかぱんを助《たす》けるために参上《さんじょう》したのである！」**

と、赤《あか》いちびぱんが答《こた》えた。

でかぱん、今《いま》、困《こま》っているんだ。わたしのせいかな？

緑《みどり》と黄色《きいろ》のちびぱんたちが、赤《あか》いだるまのようなものをどこからか運《はこ》んできた。

**「これは、だるまぱん。かつて、でかぱんがお願《ねが》いごとをするときに作《つく》ったものだ」**

と、今度《こんど》は青《あお》いちびぱんが説明《せつめい》してくれた。

すると、リュックがもぞもぞと動《うご》いて、でかぱんが顔《かお》を出《だ》した。

**「でかぱん、起《お》きてたの？　なにかお願《ねが》いごとをするの？」**

　ちびぱんが聞《き》くと、でかぱんはこう言《い》った。

**「モモカが、無事《ぶじ》に元《もと》にもどることができますように……」**

　でかぱんっ！

　あの、めんどくさがりやのでかぱんが、わたしのために困《こま》ったり、願《ねが》ったりしてくれているんだ。いつも食《た》べることと、ゴロゴロすることしか考《かんが》えていないようなでかぱんが……。

　わたしはとても感動《かんどう》した。

（モモカ、ママやパパや佐藤《さとう》くんたちだけじゃなかったね。でかぱんもモモカがいなくなったら、さ

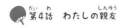

びしいんだね）
ミユの声《こえ》が、頭《あたま》の中《なか》に聞《き》こえてきた。
（モモカは、みんなに愛《あい》されているね。わかる気《き》がする。わたしも、モモカが大好《だいす》きだから）
（ありがとう、でかぱん。ありがとう、ミユ）

「モモカ、おなか痛《いた》いの？」

体育館《たいいくかん》にもどると同時《どうじ》に、ナホとミサキがかけよってきた。

「ちょっとね。でも、もうだいじょうぶだよ」

と、わたしの姿《すがた》をしたミユが答《こた》えた。

「おーい、長沢《ながさわ》さん。次《つぎ》の試合《しあい》、最初《さいしょ》から出場《しゅつじょう》して」

ヤマさんに言《い》われて、ミユは少々《しょうしょう》あわてていた。

（モモカ、最初《さいしょ》からだって。どうしよう？）

（だいじょうぶ、だいじょうぶ）

わたしはそう言《い》ってミユをはげましたけど、正直《しょうじき》、ちょっと気《き》になっていた。

そういえば、ミユってどれくらいスポーツができるんだろう？　ずっと病気《びょうき》だったみたいだけど……。

試合《しあい》が始《はじ》まるとすぐに、わたしのチームの人《ひと》はみんな、なにかがおかしいことに気《き》がついた。

なんと、ミユはものすごく運動《うんどう》が苦手《にがて》だったのだ。

（わっ、ボールが来《き》た。モモカ、どうしよう？）

（ミユ、ボール持《も》ったまま歩《ある》かないで！　ドリブルして、ドリブル！）

なんとかドリブルをしたかと思《おも》うと、そのボールが自《じ》分《ぶん》の足《あし》に当《あ》たってコロコロコロ……と転《ころ》がっていく。

（モモカ、バスケって難《むずか》しいのね……）

（うーん。そうだ、ディフェンスをがんばろう！　走《はし》って、相手《あいて》の行《ゆ》く手《て》をさえぎって）

そんなふうに頭《あたま》の中《なか》でやりとりしつつ、ミユはなんとか前半戦《ぜんはんせん》を乗《の》りきった。

「モモカ、どうしたの？　やっぱりおなかが痛《いた》いんでしょ？」

「そうだよ。あんなミス、モモカらしくない！　でも、なんかいつもよりテンション高《たか》めで楽《たの》しそうだったけど」

ナホとミサキに言《い》われて、ミユは困《こま》った様子《ようす》だった。そこへ、

「長沢《ながさわ》さん、ちょっと！」

と言《い》って佐藤《さとう》くんが歩《あゆ》みよると、わたしのうでをグッとつかんで、体育館《たいいくかん》の外《そと》へ連《つ》れだした。

そして、だれもいない教室《きょうしつ》がある校舎《こうしゃ》のほうまで引《ひ》っぱっていくと、

「長沢《ながさわ》さんを返《かえ》せ！」

と言《い》いながら、壁《かべ》をてのひらで思《おも》いっきりたたいたのだ。

つまり、壁《かべ》ドン！　をしたのである。

キャーッ！

「もう、わかっちゃったの？　さすが佐藤《さとう》くんだね。ごめんね。もうじゅうぶん満足《まんぞく》したから。今《いま》すぐモモカの体《からだ》から出《で》るね」

ミユがそう言《い》って少《すこ》したつと、体《からだ》がフッと軽《かる》くなったのがわかった。

もう、頭《あたま》の中《なか》にミユの声《こえ》は聞《き》こえない。

「佐藤《さとう》くん、勝手《かって》なことしてごめんね」

「長沢《ながさわ》さんっ！　長沢《ながさわ》さんなの？　だいじょうぶ？」

「うん、だいじょうぶ。もう、ミユは出《で》てい

ったみたい」

「ほんとに？　ああ、よかったあ。こわかったでしょ？」

「佐藤《さとう》くん、ちがうの。ミユは悪《わる》くないの！　わたしが無理《むり》やり体《からだ》を貸《か》すって言《い》ったんだよ」

「どうして？　どうして、自分《じぶん》からそんな危険《きけん》なことするの？」

佐藤《さとう》くんの口調《くちょう》は厳《きび》しかった。わたしを心配《しんぱい》する気持《きも》ちが、痛《いた》いほど伝《つた》わってくる。

「だって、どうしてもミユの願《ねが》いをかなえてあげたかったから。思《おも》いっきり、走《はし》らせてあげたかったの。それにしても、ミユはどこに行《い》っちゃったんだろう？」

「まだミユさんの心配《しんぱい》してるの？　もうどうなっても知《し》らないよ！」

佐藤《さとう》くんは、だまったまま、ひとりで体育館《たいいくかん》へもどっていった。

後半戦《こうはんせん》はほかの選手《せんしゅ》が試合《しあい》に出《で》ることになったので、わたしはちびぱんを連《つ》れて、さっきミユが出《で》ていったあたりをうろうろした。

やがて、ちびぱんがミユを発見《はっけん》し、ミユは再《ふたた》びちびぱんの体《からだ》へもどってきた。

**「モモカ、ありがとう！　バスケは、やってみるとかなり難《むずか》しかったけど、思《おも》いっきり走《はし》れてとっても楽《たの》しかった。たくさん願《ねが》いをかなえてもらったし、そろそろさよならしないといけないと思《おも》ったんだけど、佐藤《さとう》くんとモモカがけんかしたままいなくなるのはちょっと……」**

「言《い》いだしたのはわたしだし、ミユは気《き》にしないで。ミユが楽《たの》しかったなら、わたしもうれしいよ」

試合《しあい》は結局《けっきょく》、第《だい》二試合《しあい》で負《ま》けてしまった。

ミユが出《で》たからどうこうというより、六年《ねん》生《せい》中心《ちゅうしん》の相手《あいて》チームが強《つよ》すぎたのだ。だから、だれもわたしを責《せ》める人《ひと》はいなかった。

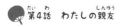

佐藤《さとう》くんとは、結局《けっきょく》、そのあと一言《ひとこと》も話《はな》さなかった。いつもみたいに話《はな》しかけてくれなかったし、わたしから話《はな》しかける勇気《ゆうき》もなかった。

佐藤《さとう》くんが先《さき》に帰《かえ》ってしまったので、わたしはひとりで、でかぱんをタイヤブランコのところへ連《つ》れていった。

**「モモカ、落《お》ちこんでるの？」**

ブランコにゆられながら、でかぱんが聞《き》いてきた。

「そんなことないよ。そうだ、でかぱんもわたしのこと、心配《しんぱい》してくれてたんだよね。だるまぱんにお願《ねが》いしてくれてたし。ありがとう！」

**「モモカが無茶《むちゃ》ばかりするから」**

「うん……。ごめんね」

わたしはでかぱんをギュッと抱《だ》きしめた。

ミユがだまりこんでいるので、わたしはなるべく元気《げんき》にふるまうようにした。

そうしないと、ミユが責任《せきにん》を感《かん》じてしまう。

帰《かえ》り道《みち》、町《まち》の掲示板《けいじばん》に貼《は》られたポスターに目《め》がとまった。

あさって、家《いえ》から近《ちか》い神社《じんじゃ》で夏祭《なつまつ》りが行《おこな》われるのだ。少《すこ》し前《まえ》に、佐藤《さとう》くんといっしょに行《い》きたいねって話《はな》していたことを思《おも》いだした。

このぶんじゃ、それもなくなりそうだなあ。

次《つぎ》の日《ひ》は一日中家《いちにちじゅういえ》にいて、たまった宿題《しゅくだい》を片《かた》づけていた。

ミユは、バスケはお世辞《せじ》にも上手《じょうず》とは言《い》えなかったけど、国語《こくご》が得意《とくい》みたいで、だいぶ手《て》伝《つだ》ってもらった。

ママが出《だ》してくれたおやつを食《た》べながら、ミユが聞《き》いてきた。

**「ねえ、お祭《まつ》りは明日《あした》なんでしょう？　佐藤《さとう》くんをさそわなくていいの？」**

佐藤《さとう》くんからは、あれからなんの連絡《れんらく》もなかった。

「うーん、まだおこってるのかなあ？」

**「だとしたら、モモカから謝《あやま》らないと」**

「でも……」

わたしが謝《あやま》って、佐藤《さとう》くんと仲直《なかなお》りをするのを見《み》とどけたら、ミユがいなくなってしまう気《き》がする。いつかはそうなったほうがいいのかもしれないけど、それが明日《あした》なんていやだ。

「ね、わたしミユとお祭《まつ》りに行《い》きたいな。でかぱんも連《つ》れてさ。いっしょに行《い》こうよ、ミユ」

**「それもいいけど……」**

次《つぎ》の日《ひ》、昼《ひる》ごはんを食《た》べたあとに、ミユがまた聞《き》いてきた。

**「ねえ、お祭《まつ》りは今日《きょう》の夜《よる》でしょ？　今《いま》から佐藤《さとう》くんに連絡《れんらく》しても、間《ま》に合《あ》うんじゃない？」**

「だいじょうぶだよ。わたしはミユと行《い》きたいの！」

ちょっと語気《ごき》を強《つよ》めてそう答《こた》えると、ミユが、

**「もうっ、モモカのわからずや！」**

とどなった。その瞬間《しゅんかん》、わたしは意識《いしき》を失《うしな》ってしまった。

わたしは、ミユ。

今《いま》、再《ふたた》びモモカの体《からだ》の中《なか》に入《はい》っています。

ちびぱんとか、モモカとか、だれかの体《からだ》を借《か》りることに慣《な》れてきたわたしは、体《からだ》の持《も》ち主《ぬし》の意識《いしき》を閉《と》じこめて、自分《じぶん》で自由《じゆう》に動《うご》かす方法《ほうほう》を、だんだん身《み》につけていったの。

そして、今《いま》、モモカの体《からだ》だけじゃなく、思考《しこう》もうばった状態《じょうたい》。

このまま、モモカの意識《いしき》を完全《かんぜん》に追《お》いだしてしまえば、わたしはモモカの体《からだ》を乗《の》っとることもできる。

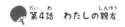

ゆうれいも経験《けいけん》を積《つ》むと、いろんなことができるようになるみたい。体育館《たいいくかん》の倉庫《そうこ》にいたあの男《おとこ》の子《こ》が、倉庫《そうこ》にモモカを閉《と》じこめたり、体育館《たいいくかん》からいなくなったりできたのも、たぶんそのせいだと思《おも》う。

さて、このままモモカの体《からだ》を乗《の》っとるかどうかは別《べつ》として、わたしはモモカになりきって佐《さ》藤《とう》くんに電話《でんわ》をかけた。

「佐藤《さとう》くん、こないだはごめんね。ミユにおどされて、しかたなく体《からだ》を貸《か》したの。今日《きょう》はいっしょに、お祭《まつ》りに行《い》ってくれる？」

佐藤《さとう》くんは「わかったよ」とだけ言《い》うと、待《ま》ちあわせ場所《ばしょ》と時間《じかん》を告《つ》げて、電話《でんわ》を切《き》った。

ママにゆかたを着《き》せてもらい、わたしはちびぱんとでかぱんをリュックに入《い》れて、ゲタをならしながら待《ま》ちあわせ場所《ばしょ》へ向《む》かった。

佐藤《さとう》くんの表情《ひょうじょう》は厳《きび》しかった。電話《でんわ》で仲直《なかなお》りしたはずなのに……。わたしは、手《て》をつなごうとして、佐藤《さとう》くんの手《て》にそっとふれた。

わたあめ
たこやき

すると、佐藤《さとう》くんはわたしの手首《てくび》をギュッとつかみ、

「ミユさんでしょ？　長沢《ながさわ》さんを返《かえ》して！」

と言《い》って、わたしをにらみつけたのだ。

わたしはびっくりしてしまった。バスケのときはうまくいかなかったけど、今《いま》はどう見《み》たって、モモカにしか見《み》えないはずなのに。

「どうして、わたしがミユだって思《おも》うの？」

「長沢《ながさわ》さんは、どんないきさつがあったとしても、『ミユにおどされて、しかたなく』なんて言《い》わない。実際《じっさい》、そうだったとしても、ミユさんのことをかばうはずだ。だって、ぼくがなんと言《い》おうと、ミユさんのことをかけがえのない友《とも》だちだって思《おも》っているんだから」

佐藤《さとう》くんの言葉《ことば》を聞《き》いて、わたしはかなわないな、と思《おも》った。

その通《とお》りだ。モモカはそういう人《ひと》。そして、モモカの好《す》きな人《ひと》である佐藤《さとう》くんが、ちゃんとそれをわかってくれている。

なんだか、うれしくなった。

「佐藤《さとう》くん、わたしがあらわれたせいで、いっぱい心配《しんぱい》かけてごめんね。最後《さいご》に、これだけは言《い》わせて。今《いま》、モモカの意識《いしき》は表《おもて》に出《で》てこないけど、それはわたしがモモカを無理《むり》やりここへ連《つ》れてくるためにそうしたの」

「どういうこと？　長沢《ながさわ》さんはだいじょうぶなの？」

「だいじょうぶ。モモカは今日《きょう》、わたしとお祭《まつ》りに行《い》くって言《い》ってきかなかったの。だけど、わたしはそんなのいやだった。わたしのせいでふたりがけんかして、お祭《まつ》りに来《く》る約束《やくそく》がなしになるなんて……」

佐藤《さとう》くんはだまって聞《き》いてくれていた。

「だから、モモカの意識《いしき》をねむらせて、無理《むり》にここへ連《つ》れてきたの。佐藤《さとう》くんに会《あ》えたから、この体《からだ》はもうモモカに返《かえ》すわ。わたしはもうさよならするね。モモカや佐藤《さとう》くんや、もちぱんたちのおかげで最高《さいこう》に楽《たの》しい夏《なつ》だった。ありがとう！」

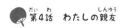

気《き》がつくと、わたしはゆかたを着《き》て、神社《じんじゃ》のお祭《まつ》りに来《き》ていた。佐藤《さとう》くんがわたしの手《て》をにぎったまま、空《そら》を見上《みあ》げている。

つられて見上《みあ》げると、前《まえ》に体育館倉庫《たいいくかんそうこ》の中《なか》で見《み》た、本当《ほんとう》の姿《すがた》のミユがにこにこしながら空《そら》へとすいこまれていくところだった。

（モモカ、元気《げんき》でね。佐藤《さとう》くんと、ずっと仲《なか》よくね。ほんとに楽《たの》しかった。ありがとう。ありがとう！）

「やだっ！　ミユ、行《い》かないで！」

わたしはお祭《まつ》りの人《ひと》ごみの中《なか》で、泣《な》きながらさけんでいた。

（モモカ、わたしみたいなゆうれいなんてめずらしいんだから、ほかのゆうれいに会《あ》っても、体《からだ》を貸《か》しちゃだめだよ！）

「ミユ！　ミユ！」

ミユは、ゆうれいなんかじゃない。ミユはミユだ。
この夏《なつ》、初《はじ》めて会《あ》った、わたしの親友《しんゆう》。
ミユの姿《すがた》は、夏《なつ》の夜空《よぞら》にとけるようにして消《き》えていった。

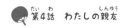

8月《がつ》4日《にち》　でかぱん

天気《てんき》　はれ

いろいろあったけど、モモカが
無事《ぶじ》でよかった。
だるまぱんにお願《ねが》いしたのが
きいたのかも……。
困《こま》ったときは、また呼《よ》ぼうっと。
お祭《まつ》りの屋台《やたい》って気《き》になる～!!

# エピローグ

どれくらい泣《な》いていたんだろう。わたしはようやく落《お》ちつきを取《と》りもどした。

泣《な》いている間《あいだ》、佐藤《さとう》くんはなにも言《い》わずに、ずっと横《よこ》にいてくれた。

佐藤《さとう》くんが買《か》ってきてくれたラムネのびんを、泣《な》きはらしたまぶたに当《あ》てる。冷《つめ》たくて気持《きも》ちいい。

ミユは行《い》ってしまった。さびしいけど、ミユのおかげで佐藤《さとう》くんと仲直《なかなお》りできたんだ。

両親《りょうしん》の仲《なか》が悪《わる》くなっていく様子《ようす》を見《み》て、ずっと傷《きず》ついていたミユ。だから、わたしたちにも早《はや》く仲直《なかなお》りしてほしかったのかな。

もう、けんかなんかしないで、ずっと仲《なか》よくしていよう。

わたしは、佐藤《さとう》くんの手《て》をギュッとにぎった。

「今年《ことし》の夏休《なつやす》みは、いろんなことがあったね」

佐藤《さとう》くんの言葉《ことば》に、わたしは大《おお》きくうなずいた。

これまでとはちがった、ちょっと不思議《ふしぎ》な夏休《なつやす》み。

ミユに出会《であ》えて、本当《ほんとう》によかった。ミユ、わたしずっと忘《わす》れないよ。

いつか、わたしが大人《おとな》になって結婚《けっこん》して子《こ》どもが生《う》まれたら、その子《こ》には「ミユ」って名前《なまえ》をつけたい。そして、結婚相手《けっこんあいて》とはずっと仲《なか》よくして、家族《かぞく》にたっぷり愛情《あいじょう》を注《そそ》ぎたいな。

その相手《あいて》が、佐藤《さとう》くんだったらいいのに……。

「長沢《ながさわ》さん、ずっと、ここにいてね。いなくならないでね」

佐藤《さとう》くんが、わたしの手《て》をギュッとにぎりながら言《い》った。

もしかしたら、わたしたち、おんなじことを考《かんが》えているのかな？

見《み》つめあう、わたしと佐藤《さとう》くん。そこへ、

**「ねえ、おなかすいたあ」**

という声《こえ》が聞《き》こえてきた。もちろん、リュックの中《なか》にいるでかぱんの声《こえ》だ。

**「モモカ、わたあめってなに？　もち米《ごめ》よりおいしい？」**

もう、食《た》べることばっかりなんだから！

このあと、わたしたちはでかぱんを連《つ》れて、屋台《やたい》を全部《ぜんぶ》見《み》てまわることになったのだった。

（おわり）

キラピチブックス
**もちもちぱんだ もちぱんのこわ〜い？話**
**もちっとストーリーブック**

2018年9月18日　第1刷発行

| | |
|---|---|
| 著 | たかはしみか |
| 原作・イラスト | Yuka（株式会社カミオジャパン） |
| 発行人 | 川田夏子 |
| 編集人 | 松村広行 |
| 編集長 | 森田葉子 |
| 編集 | 津田昭奈 |
| 編集協力 | 株式会社カミオジャパン<br>松本ひな子（株式会社スリーシーズン） |
| デザイン | 佐藤友美 |
| 本文DTP | 株式会社アド・クレール |
| 発行所 | 株式会社学研プラス<br>〒141-8415 東京都品川区西五反田 2 -11- 8 |
| 印刷所・製本所 | 中央精版印刷株式会社 |

**●お客さまへ**
**［この本に関する各種お問い合わせ先］**
・本の内容については Tel 03-6431-1462（編集部直通）
・在庫については　Tel 03-6431-1197（販売部直通）
・不良品（落丁、乱丁）については Tel 0570-000577
学研業務センター
〒354 -0045 埼玉県入間郡三芳町上富 279-1
・上記以外のお問い合わせは　Tel 03-6431-1002（学研お客様センター）
**［お客さまの個人情報の取り扱いについて］**
ハガキの応募の際、ご記入いただいた個人情報（ご住所やお名前）は、賞品発送のほか、商品・サービスのご案内、企画開発などに使用することがあります。また、賞品発送やご案内などの業務を、発送業者へ委託する場合もあります。お寄せいただいた個人情報に関するお問い合わせは、編集部（TEL 03-6431-1462、年末年始をのぞく平日 11 〜 17 時）にお願いいたします。なお、当社の個人情報保護については、当社のホームページ（http://gakken-plus.co.jp/privacypolicy）をご覧ください。

©KAMIO JAPAN
©Gakken
本書の無断転載、複製、複写（コピー）、翻訳を禁じます。本書を代行業者等の第三者に依頼してスキャンやデジタル化することは、たとえ個人や家庭内の利用であっても、著作権法上、認められておりません。

**学研グループの書籍・雑誌についての新刊情報・詳細情報は、下記をご覧ください。**
**学研出版サイト　http://hon.gakken.jp/**